NCKU · CTLT · GTPT

Tiong-sió Hȧk-sing Tâi-gí Jīn-tsìng Tō-lūn

中小學生台語認證導論

General Taiwanese Proficiency Test
Student Version

愛地球
救族語

全國第一 ｜ 專業台語 ｜ 認證機構

Tâi-uân Gí-bûn Tshik-giām Tiong-sim
國立成功大學 台灣語文測驗中心 編著
NCKU Center for Taiwanese Languages Testing

國家圖書館出版品預行編目資料

中小學生台語認證導論 ／ 國立成功大學台灣語文測驗中心編著.
--初版--台南市：亞細亞國際傳播，2012.06
　　面：26 X 18.9 公分
ISBN 978-986-85418-5-6　　（平裝附光碟片）
　1. 臺語　　　2. 能力測驗
　803.3　　　　　　　　　　　　　　　　　　101010119

Tiong-sió Hȧk-sing Tâi-gí Jīn-tsìng Tō-lūn

中小學生台語認證導論

General Taiwanese Proficiency Test
　　　　Student Version

策　　　劃／國立成功大學 台灣語文測驗中心
　　　　　　電 話／06-2387539
　　　　　　地 址／70101 台南市東區大學路 1 號
　　　　　　網 址／http://ctlt.twl.ncku.edu.tw
編輯小組／蔣為文‧江澄樹‧林美雪‧穆伊莉‧湯美玲
美編設計／華人視覺設計
　　　　　　電 話／06-2699060
出　　　版／亞細亞國際傳播社
　　　　　　電 話／06-2349881
　　　　　　傳 真／06-2094659
　　　　　　地 址／70145 台南市東區民族路一段 72 號 3F
　　　　　　網 址／http://www.atsiu.com
出版日期／公元 2012 年 6 月 初版第 1 刷
定　　　價／新台幣 270 元
ISBN／978-986-85418-5-6

Printed in Taiwan

目 錄
踏 話 頭

台文版

1. 為啥物 tiòh ài 有中小學生台語認證...6

2. 中小學生台語認證規劃..8

3. 試題題型說明 kap 範例...11

中文版

1. 為何需有中小學生台語認證..18

2. 中小學生台語認證規劃...20

3. 試題題型說明及範例..23

模擬試題

模擬試題...30

模擬試題參考答案..89

聽力測驗完整內容試題..97

附 錄

附錄1《世界文化多樣性宣言》全文【漢羅版】...129

附錄2《世界文化多樣性宣言》全文【中文版】...136

附錄3《世界語言權宣言》摘錄【中文版／全羅台文版對照】.................143

附錄4《國立成功大學台灣語文測驗中心漢羅台文實務用法》...................153

Tio̍h 緊用台灣母語來教育！

蔣為文

　　國際筆會 kap 非政府組織代先 tī 1996 年公布《世界語言權宣言》。Tsiap-suà，聯合國教科文組織 uì 2000 年起 kā 每年 2 月 21 日訂做「世界母語日」，koh tī 2001 年公布《世界文化多樣性宣言》，thang 提醒各國政府保護 kap 發展弱勢語言文化 ê 重要性。保護本土語言已經 tsiânn 做國際潮流，m̄-koh，外來 ê 中華民國 suah koh 停留 tī 獨尊華語 ê 教育政策 koh m̄ 知改善！

　　就 tī 2000 年李登輝前總統落台前，教育部有通過國校 á 逐禮拜必選修一節本土語言課程（原住民族語、客語 iah-sī 台語揀一）koh uì 2001 年開始實施。M̄-koh，十外冬過 ah。無論中國國民黨 iah-sī 民主進步黨執政，lóng koh 停留 tī 國小逐週一節台灣語文課程，甚至有時 koh 有聽講 hit 節課 hōo 人 the̍h 去做其他用途。Hit tsūn ê 小學生到 tann 已經讀國中、高中、甚至是大學 ah。M̄-koh，in ê 母語受教權 suah hông 切斷、剝削 ah！

　　以隔壁國「馬來西亞」做例，當地華人大約六百外萬，佔全馬來西亞人口大約二成。雖罔馬來西亞 ê 國語是「馬來語」，m̄-koh in ê 政府 iáu 允准華人設立全華語授課 ê 華文小學 lóng 總大約一千三百間、獨立中學大約六十間。請問，台灣 kám 有任何一間學校容許全部用台灣語文來上課？無！中華民國 ê 教育制度基本上還是維持獨尊中國語 ê 設計！

　　北歐國家「Latvija」（『拉脫維亞』）共和國 tī 1991 年脫離前蘇聯獨立。Hōo 蘇聯併吞期間，Latvija 人被迫使用 Russia（俄羅斯）語。前一 tsām Latvija 舉行語言公投，3/4 ê 選民用選票否決 Russia 語列做第二官方語言 ê 提案。Latvija 人堅決 kā 殖民者語言講 NO，台灣人 mā 應當 khiā 起來 kā「獨尊中國語」講 NO！

　　Tī 正常 ê 國家 lìn，學校採用學生 ê 母語做「教學語言」是真普遍 ê 現象。以美國前總統 Bush 做例，伊 tī 入國校 á 前是用美語，開始讀冊 mā 是用美語。伊 tī 學校一方面加強美語 ê 聽、講、讀、寫 ê 能力，一方面用美語來學習數

學、社會、藝術、物理、音樂等等 ê 課程。這款以母語為「教學語言」ê 方式是咱台灣應該 ài 行 ê 方向。可惜，咱台灣目前 ê 母語教育停留 tī kā 母語當做一个科目，親像外國語按呢來教。Tī 國校，一禮拜 kan-tann 一節課上本土語言，其他 ê 課 suah 完全無 teh 用。這款 ê 母語教育實在真無夠額！咱若無加強本土語言 ê 教育，學生 ê 母語能力會真緊流失，造成「個人母語」kap「族群母語」分離，最後 ê 後果就是「語言轉移」（language shift），也就是族群母語 ê 死亡。

這款語言死亡 ê 例 kap 速度無輸北極熊 kap 貓熊消失絕種 ê 嚴重性。聯合國教科文組織（UNESCO）有看 tiȯh 真濟語言 kap 文化 tng teh 消失，所以 tī 2001 年有公布一份《世界文化多樣性宣言》（參閱本冊附件），呼籲世界各國 ài 重視維護語言文化多樣性 ê 重要。宣言內底講：「……因此，tȧk 个人 lóng 應當 ē-tàng 用伊選擇 ê 語言，特別是用 ka-tī ê 母語來表達 ka-tī ê 思想，進行創作 kap 傳播 ka-tī ê 作品；tȧk 个人 lóng 有權接受充分尊重伊 ê 文化特性 ê 優質教育 kap 培訓……」。另外，由數百 ê 非政府組織 kap 國際筆會中心 ê 220 位代表共同背書，tī 1996 年公布 ê《世界語言權宣言》（詳細請參閱本冊附件），koh khah 詳細主張族群母語 ê 權益如下：

第 27 條：所有語言社群 lóng 有資格教育伊 ê 成員，hōo 伊 ē-tàng 得 tiȯh kap 伊文化傳統相關 ê 語言 ê 知識，像講 bat 做為 in 社區慣勢用語 ê 文學 iȧh 聖言。

第 28 條：所有語言社群 lóng 有資格教育伊 ê 成員，hōo in ē-tàng 徹底瞭解 in ê 文化傳統（歷史、地理、文學 kap 其他文化表徵），甚至 ē-tàng 延伸去學習其它 in 所 ǹg 望瞭解 ê 文化。

第 29 條：人人 lóng 有資格以伊所居住區域 ê 特定通行語言來接受教育。

用 ka-tī 民族 ê 母語來進行教育是國際 ê 潮流！咱人 tiānn-tiānn「近廟欺神」，tiānn kā 身邊 ê 珍珠當做鳥鼠 á 屎。親像當咱 teh 大聲 huah-hiu 保護北極熊 kap 貓熊 ê 時，咱 kám 會記 tsit 台灣特有亞種台灣烏熊是比北極熊 kap 貓熊數量 koh khah 少 ê 強 beh 斷種動物！？

索回台灣母語教育權！

蔣為文

　　國際筆會及非政府組織首先於 1996 年公布《世界語言權宣言》。之後，聯合國教科文組織自 2000 年起將每年 2 月 21 日訂為「世界母語日」，且於 2001 年公布《世界文化多樣性宣言》，以提醒各國政府保護與發展弱勢語言文化的重要性。保護本土語言已成為國際潮流，然而，中華民國卻仍停留在獨尊華語的教育政策而不知改善！

　　就在 2000 年李登輝前總統下台前，教育部通過國小每週必選修一節本土語言課程（原住民族語、客語或台語擇一）並自 2001 年開始實施。然而，十餘年過去了。不論中國國民黨還是民主進部黨執政，都還停留在國小每週一節台灣語文課程，甚至還時有所聞該節課被挪作其他用途。當初的小學生都已經上國中、高中、甚至是大學。但，他們的母語受教權卻被中斷、剝奪了！

　　以鄰國「馬來西亞」為例，當地華人約六百多萬，佔全馬來西亞人口約二成。儘管馬來西亞的國語是「馬來語」，但他們的政府還允許華人設立全華語授課的華文小學共計約一千三百所、獨立中學約六十所。試問，台灣有任何一所學校容許用台灣語文授課嗎？沒有！中華民國的教育制度基本上還是維持獨尊中國語的設計！

　　北歐國家「拉脫維亞」共和國於 1991 年脫離前蘇聯獨立。被蘇聯併吞期間，拉脫維亞人被迫使用俄羅斯語。近日拉脫維亞舉行語言公投，3/4 的選民投下選票否決了將境內的俄羅斯語列為第二官方語言的提案。拉脫維亞人堅決地向殖民者語言說不，台灣人也應當站起來向「獨尊中國語」說不！

　　在正常的國家裡，學校採用學生的母語作為「教學語言」是很普遍的現象。以美國總統 Bush 為例，他在就讀小學前是用美語，開始讀書也是用美語。他在學校一方面加強美語的聽、說、讀、寫的能力，一方面用美語來學習數學、社會、藝術、物理、音樂等等的課程。這種以母語作為「教學語言」的

方式是我們台灣應該要走的方向。可惜，我們台灣目前的母語教育停留在將母語當成一個科目，當作外國語言來教授。在小學，一禮拜只有一節課上本土語言，其他的課卻完全不使用民族母語。這樣的母語教育確實相當貧乏！我們若不加強本土語言的教育，學生的母語能力會很快流失，造成「個人母語」及「族群母語」分離，最後的後果就是「語言轉移」（language shift），也就是族群母語的死亡。

這種語言死亡的例子與速度不比北極熊與貓熊絕種的嚴重性還低。聯合國教科文組織（UNESCO）警覺到很多語言及文化正在消失，所以在 2001 年有公布一份《世界文化多樣性宣言》（參閱本書附件），呼籲世界各國要重視維護語言文化多樣性的重要。宣言內提到：「……因此，每個人都應該可以用自己選擇的語言，特別是用自己的母語來表達自己的思想，進行創作跟傳播自己的作品；每個人都有權接受充分尊重自己文化特性的優質教育及培訓……」。另外，由數百個非政府組織與國際筆會中心的 220 位代表共同背書，在 1996 年公布的《世界語言權宣言》（詳細請參閱本冊附件），更加詳細主張族群母語的權益如下：

第 27 條：所有語言社群都有資格教育他的成員，讓其能得到與自己文化傳統相關的語言的知識，例如能做為其社區慣習用語的文學跟聖言。

第 28 條：所有語言社群都有資格教育他的成員，讓其能徹底瞭解自己的文化傳統（歷史、地理、文學及其他文化表徵），甚至可以延伸至學習其它自己所希望瞭解的文化。

第 29 條：人人都有資格以自己所居住區域的特定通行語言來接受教育。

如此可知，用自己民族的母語來進行教育是國際的潮流！一般人往往「近廟欺神」，常把身邊的珍珠當做老鼠屎。例如當我們大聲呼籲保護北極熊及貓熊時，我們曾想起台灣特有亞種台灣黑熊是比北極熊和貓熊數量還要少的瀕臨絕種的動物嗎！？

台文版

1. 為啥物 tiȯh ài 有中小學生台語認證？

為啥物 tiȯh ài 有中小學生台語認證？這个問題 ē-sái 分做二个小問題：第一，為啥物 tiȯh ài 有台語認證。第二，為啥物台語認證 tiȯh ài 分做大人版 kap 中小學生版。

當今 ê 社會分工真幼 mā 真注重專業證照。無論金融、資訊、電機、土木、語言等等 lóng 有相關 ê 檢定考試。行 ǹg 專業證照 ē-sái 講是現此時各行各業 ê 趨勢。

語言能力測驗（language testing）tī 國外已經發展 kuí-ā 十冬，而且有相當 ê 成就 ah。目前國內有常態辦理 ê 語言類證照考試包含有英語 ê TOEFL、TESOL、GRE、IELTS、TOEIC、GEPT 等，其他 ê 語種 koh 有日本語能力試驗、華語文能力測驗、客語能力認證、原住民族語語言能力認證等等。英語、日語等國際語言辦理檢定 ê 歷史 lóng khah 久，相對之下，台灣本土語言 ê 語言能力測驗制度是這 kuí 年 tsiah 受 tiȯh 重視 kap 開始發展。目前華語、客語、原住民族語已經分別有「國家華語測驗推動工作委員會」、「客家委員會」、「原住民族委員會」專責機構負責，而且 lóng 比台語認證 khah 早開辦 kuí 落冬。對照之下，佔人口多數 ê 台語族群 suah 變成「弱勢 ê 多數」，無專門機構負責台語認證，只好暫時交 hōo 教育部國語會辦理。可惜教育部國語會辦理 ê 是以閩南做標準 ê「閩南語認證」，m̄-sī 台灣標準的「台語認證」。為 tiȯh 這个因端，國立成功大學台灣語文測驗中心無惜 liáu 錢 mā tiȯh 來擔當台語認證 ê 研發 kap 推廣工作。Ǹg-bāng 透過台語認證 ê tshui-sak thang 鼓舞台灣人保存母語 ê 決心 kap 行動。

為啥物 ài 有台語能力認證？啥人用會 tiȯh？有啥好處？簡單講，台語能力認證考試就親像「度針」kâng-khuán，醫生 ē-sái 用度針來量患者 ê 體溫 thang 判斷患者是毋是有發燒。台語能力認證考試至少 ē-sái 運用 tī 下面 tsit 寡方面：

1）了解台語教師本身 ê 台語能力是毋是有符合最 kē 要求。

2）了解台語學習者 ê 台語能力是毋是有進步。

3）做為學校入學考、推甄入學 ê 時了解學生 ê 台語程度 ê 標準。

4）做為檢定台文系所學生畢業前 ê 台語能力 ê 標準。

5）做為公務人員、生理界、出版業等需要用 tiòh 台語人才 ê 時檢定 in ê 台語能力 ê 標準。

6）了解台灣人民族母語流失 ê 速度。

「全民台語認證」是以 16 歲（含）以上 ê 成人做考試對象，伊 ê 學生版號做「中小學生台語認證」，以 16 歲以下 ê 中小學生為對象。因為大人 kap 囡仔 ê tsai-bat（知識）背景 kap 理解能力無全，所 pái tiòh 設計無全 ê 考試題卷 thang 符合無全對象 ê 特色。像講，假設 kā 需要 khah kuân tsai-bat 背景 ê 題目 siâng 時 hōo 大人 kap 囡仔測驗，囡仔 nā 回答 m̄-tiòh，可能是因為欠缺 tsai-bat 背景，顛倒 m̄-sī 語言能力無好所造成。所 pái，teh 設計中小學生台語認證 ê 時，題目 ê tsai-bat 背景 lóng 會以中小學生 ē-tàng 理解 ê 範圍為限。

2. 中小學生台語認證規劃

2.1. 考試科目、時間 kap 配分

　　「中小學生台語認證」考試科目分做 2 部分：聽力測驗 kap 閱讀測驗，tī 全 1 節考試，時間大約 40 分鐘。聽力測驗考試時間量其約是 20 分鐘，以實際試題內容錄音 ê 時間為準，一直到錄音內容講著「聽力測驗結束」。紲接繼續考閱讀測驗，作答時間是 20 分鐘，20 分鐘若到，考生就 ài 停止作答。Tiȯh 1 條有 2.5 分，m̄-tiȯh 無 koh 倒扣分數，總分是 100 分。詳細 ê 考試科目、時間 kap 配分，請看下 pîng 圖表 1 ê 說明。

圖表 1. 中小學生台語認證考試科目、時間 kap 配分

考試科目	考試時間	分數配分
I 聽力測驗 (20 題)	約 20 分鐘	50 分
(a) 聽話揀圖－8 題		
(b) 看圖揀話－6 題		
(c) 對話理解－6 題		
II 閱讀測驗 (20 題)	20 分鐘	50 分
(a) 看圖揀句－8 題		
(b) 讀句補詞－8 題		
(c) 短文理解－4 題		
合計	約 40 分鐘	總分 100 分

※聽力測驗時間以實際試題內容錄音 ê 時間為準。

2.2. 語言能力級數 kap 考試成績對應

　　「中小學生台語認證」採用「標準參照測驗」，攏總分做 A⁻、A、A＋等 3 級。考試無分初試 kap 複試，嘛無需要 1 級 1 級分開考，kan-na 參加 1 擺考試，tō 會當照所得 ê 總分數對照出台語能力 ê 級數。考生台語能力 ê 對照指標，請看下 pîng 圖表 2 ê 說明。

圖表 2. 中小學生台語認證語言能力級數 kap 考試成績對應

分級標準	考生成績總分* （成績滿分 100 分）	標準說明
A⁻級	60≦總分≦79	用真慢 ê 速度、清楚 ê 用詞，並且小可 tòng-tiām 抑是重複 ê 情況下，會當用簡單 ê 語詞 kap 人對話。會當 uì 簡單 ê 表格、短文讀出基本 ê 信息，像講：人名、日期、年紀、時間、地點等等。
A 級	80≦總分≦89	對日常生活所接觸 ê 事務，會當理解 khah 熟似 ê 物件，並且使用非常基礎 ê 短語來表達 kap 應付。像：會當紹介家己 kap 別人、講出蹛 ê 所在、熟似 ê 朋友 kap 擁有 ê 事物來做清楚 ê 表達。用真慢 ê 速度、清楚 ê 用詞，並且 tī 提供協助 ê 情形下，進行簡單 ê 交流。
A⁺級	90≦總分≦100	會當理解大部分 kap 個人經驗相關 ê 話語，並且表達對應。針對單純、例行性、熟悉 ê 任務，會當簡單、直接 kap 人交換意見。會當簡單講出個人生長環境、家人狀況、周邊環境 kap 本身需求 ê 事物。（通過這級會當跨級報考全民台語認證）

＊考試科目：（1）聽力測驗，（2）閱讀測驗。

＊59 分（含）以下無達到分級標準。

2.3. 書寫 kap 用字原則

「中小學生台語認證」ê 用字原則，是以「漢羅」（也就是漢字+羅馬字）書寫為原則，羅馬字書寫佔 5%-10%。漢羅書寫 ê 選用方式以國立成功大學台灣語文測驗中心所出 ê《全民台語認證語詞分級寶典》為主。羅馬字 kap 漢字用教育部公佈 ê「臺灣閩南語羅馬字拼音方案」、「臺灣閩南語推薦用字（3 批 700 字）」。若是推薦用字 tī 話句內面，有語意無清楚 ê 時，譬如：He 看起來比較較好食，書寫做：He 看起來比較 khah 好食。

羅馬字部分，聲調請用「調符」來標示，字型用「Taigi Unicode」。輕聲符號用「--」表示。輕聲符號頭前唸本調，輕聲符號後壁唸輕聲。例：āu--jit「後--日」（明仔載 koh 過 hit 日），用羅馬字表示；若是 āu-jit「後日」（以後 ê 某一工），tō 用漢字表示。

漢羅書寫 ê 時，輕聲書寫以上簡省 ê 標示方式為原則。若是輕聲用漢字書寫會造成語意走精去，tō 盡量用羅馬字書寫，抑是加「--」來表示。（**漢字書寫盡量 mài 有連字符號「-」kap 輕聲符號「--」**）

例：tsò--lâng 漢字書寫做：「做--人」

tsò-lâng 漢字書寫做：「做人」

3. 試題題型說明 kap 範例

3.1. 聽力測驗

　　本測驗分做 3 个部分，分別是（a）聽話揀圖，有 8 條、（b）看圖揀話，有 6 條、（c）對話理解，有 6 條。每 1 條攏是 4 選 1 ê 選擇題，攏總有 20 條。作答時間大約 20 分鐘，實際測驗時間以錄音內容為準。下面是各題型內容說明：

（a）聽話揀圖

　　每 1 條題目會 uì 錄音機放送 1 个問句抑是對話。題目 ài 用聽 ê，無印 tī 試題紙本頂面，kan-na 選項有印 tī 試題紙本頂面。逐條攏唸 1 擺。聽了請 uì 試題紙本頂面（A）、（B）、（C）、（D）4 个選項內底，揀 1 个上符合題目意思 ê 圖，kā 正確 ê 答案用 2B 鉛筆畫 tī 答案卡 ê 圓箍仔內底。

範例：

（聽）請問下面 tó 1 粒是王梨？

（看）

（A）　　　　（B）　　　　（C）　　　　（D）

※正確答案是　●ⒷⒸⒹ

（b）看圖揀話

每1條題目有1幅圖用看ê，會uì錄音機放送1个kap這條題目ê圖有相關ê問題，kap（A）、（B）、（C）、（D）4个選項，ài用聽ê。問題無印tī試題紙本頂面，圖kap選項有印tī試題紙本頂面。逐條攏唸1擺。請根據聽著ê問題，揀1个kap看著ê圖上符合ê答案，kā正確ê答案用2B鉛筆畫tī答案卡ê圓箍仔內底。

範例：

（看）

（聽）請問，圖內底有幾个囡仔排隊leh借冊？

（A）1个（B）2个（C）4个（D）5个

※正確答案是　Ⓐ Ⓑ ● Ⓓ

（c）對話理解

每 1 條題目會 uì 錄音機放送 1 段對話 kap 1 个相關 ê 問題，kan-na 唸 1 擺。聽了請 uì（A）、（B）、（C）、（D）4 个選項，揀 1 个上合台語語意 ê 答案。Kā 正確 ê 答案畫 tī 答案卡 ê 圓箍仔內底。題目 ê 對話 ài 用聽 ê 無印 tī 試題紙本面頂，問題 kap 選項會印 tī 試題紙本頂面。

範例：

（聽）【對話第1段】

阿賢：阿英，這條數學 bē-hiáu，你 kâng 教一下，好無？

阿英：我 8 點 20 ài 補習，無時間 ah！

阿賢：猶 20 分 leh，你緊張啥。

（看）問題第 1 條：根據對話，請問 in 對話 ê 時間是幾點幾分？

（A）7 點（B）7 點 20 分（C）7 點 40 分（D）8 點

※正確答案是 Ⓐ Ⓑ Ⓒ ●

3.2. 閱讀測驗

本測驗分做 3 个部分，分別是（a）看圖揀句，有 8 條、（b）讀句補詞，有 8 條、（c）短文理解，有 4 條。每 1 條攏是 4 選 1 ê 選擇題，攏總有 20 條。全部 ê 題目攏印 tī 試題紙本頂面用看 ê。作答時間是 20 分鐘。下面是各題型內容說明：

（a）看圖揀句

　　每1條題目有1幅圖，請看圖 ê 內容，根據問題 tī（A）、（B）、（C）、（D）4 个選項內底，揀1 个上適合 ê 答案，kā 正確 ê 答案用 2B 鉛筆畫 tī 答案卡 ê 圓箍仔內底。

範例：

題目1：

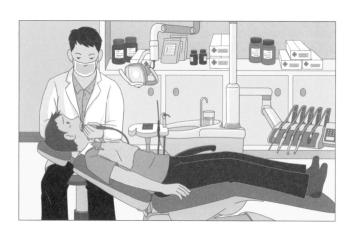

問題1：請問下面 tó 1 个選項上合這幅圖？

（A）阿公腹肚無爽快去予醫生看

（B）阿叔目睭 ing 著沙仔去予醫生看

（C）阿爸喙齒疼去予醫生看

（D）老師頭疼去予醫生看

※正確答案是　Ⓐ Ⓑ ● Ⓓ

（b）讀句補詞

請 tī 每1條題目 ê 空格仔內，揀1个上適當 ê 選項，kā 正確選項 ê 答案用 2B 鉛筆畫 tī 答案卡 ê 圓箍仔內底。

範例：

1.「阿慧，你昨昏 kap 媽媽去動物園敢有看著足大隻 ê＿＿＿＿用鼻仔 teh phū 水。」請問空格仔內揀下面 tó 1 个選項上適當？

（A）猴山仔（B）象（C）雞公（D）長頷鹿

※正確答案是　Ⓐ●ⒸⒹ

（c）短文理解

逐條題目有1篇短 ê 文章，請看短文 ê 內容，根據問題揀1个上適當 ê 選項，kā 正確選項 ê 答案用 2B 鉛筆畫 tī 答案卡 ê 圓箍仔內底。

範例：

【第1篇】

阿榮 tsiânn 愛食果子，禮拜透早伊綴媽媽去菜市仔買菜，等媽媽 kā 肉、魚、青菜攏買好，tō 拖媽媽 ê 手 beh 去果子擔，伊看著真濟 pat-á、蓮霧、suāinn-á、弓蕉，攏是伊 kah-ì--ê，叫媽媽一定 ài 買 khah 濟 leh。

問題1：根據頂面短文，下面這4項物件阿榮上愛食 tó 1 項？

（A）肉（B）魚（C）蓮霧（D）青菜

※正確答案是　ⒶⒷ●Ⓓ

中文版

1. 為何需有中小學生台語認證？

為何需有中小學生台語認證？這個問題可以分成二個小問題：第一，為何需有台語認證。第二，為何台語認證需分為大人版及中小學生版。

當今的社會分工很細也非常注重專業證照。無論金融、資訊、電機、土木、語言等等都有相關的檢定考試。專業證照可以說是現在各行各業的趨勢。

語言能力測驗（language testing）在國外已經發展好幾十年，而且已有相當不錯的成就。目前國內有常態辦理的語言類證照考試包含有英語的TOEFL、TESOL、GRE、IELTS、TOEIC、GEPT 等，其他的語種還有日本語能力試驗、華語文能力測驗、客語能力認證、原住民族語語言能力認證等等。英語、日語等國際語言辦理檢定的歷史都較悠久，相較之下，台灣本土語言的語言能力測驗制度是這幾年才受到重視與開始發展。目前華語、客語、原住民族語已經分別有「國家華語測驗推動工作委員會」、「客家委員會」、「原住民族委員會」專責機構負責，而且較台語認證早好幾年開辦。相形之下，佔人口多數的台語族群卻變成「弱勢的多數」，沒有專門機構負責台語認證，只好暫時委由教育部國語會辦理。可惜教育部國語會辦理的是以閩南為標準的「閩南語認證」，而非台灣標準的「台語認證」。有鑑於此，國立成功大學台灣語文測驗中心不惜賠本營運擔當起台語認證的研發及推廣工作。期待透過台語認證的推廣，喚起台灣人保存母語的決心與行動。

為什麼需要台語能力認證？有什麼人用的到？有什麼好處？簡單來講，台語認證就像「溫度計」一樣，醫生可以用溫度計來量患者的體溫來判斷患者是否有發燒。台語認證至少能運用在以下這些方面：

1）了解台語教師本身的台語能力是否符合最低要求。

2）了解台語學習者的台語能力是否有進步。

3）做為學校入學考、推甄入學的時候了解學生的台語程度的標準。

4）做為檢定台文系所學生畢業前的台語能力的標準。

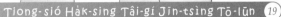

5）做為公務人員、商業、出版業等需要用到台語人才時檢定他們的台語
能力的標準。

6）了解台灣人民族母語流失的速度。

「全民台語認證」是以 16 歲（含）以上的成人為考試對象，其學生版稱
為「中小學生台語認證」，以 16 歲以下的中小學生為對象。由於大人與小孩
的知識背景不同且理解能力有異，故須設計不同的考試題卷以符合不同對象
之特色。譬如，假設把需要較高知識背景的題目同時給成人及小孩測驗，小
孩如果回答錯誤，可能是因為缺乏知識背景而非語言能力不佳所造成。因此，
在設計中小學生台語認證時題目的知識背景均以中小學生能理解的範圍為
限。

2. 中小學生台語認證規劃

2.1. 考試科目、時間及配分

　　「中小學生台語認證」考試科目分成 2 個部分：聽力測驗及閱讀測驗，在同一節考試，時間大約 40 分鐘。聽力測驗考試時間大約是 20 分鐘，以實際試題內容錄音的時間為準，一直到錄音內容講到「聽力測驗結束」。接下來繼續考閱讀測驗，作答時間是 20 分鐘，20 分鐘一到，考生就必須停止作答。答對一題得 2.5 分，答錯沒有再倒扣分數，總分是 100 分。詳細考試科目、時間及配分，請看下面圖表 1 的說明。

圖表 1. 中小學生台語認證考試科目、時間及配分

考試科目	考試時間	分數配分
I 聽力測驗 (20 題) (a)　聽話選圖－8 題 (b)　看圖選話－6 題 (c)　對話理解－6 題	約 20 分鐘	50 分
II 閱讀測驗 (20 題) (a)　看圖選句－8 題 (b)　讀句補詞－8 題 (c)　短文理解－4 題	20 分鐘	50 分
合計	約 40 分鐘	總分 100 分

※聽力測驗時間以實際試題內容錄音的時間為準。

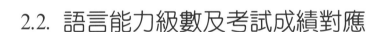

2.2. 語言能力級數及考試成績對應

　　「中小學生台語認證」採用「標準參照測驗」，共分為 A−、A、A＋等三級。考試不分初試及複試，也無需各級分開測驗，只要參加 1 次考試，就可以依照所獲得的成績總分對照出台語能力級數。考生台語能力的對照指標，請看下面圖表 2 的說明。

圖表 2. 中小學生台語認證語言能力級數及考試成績對應

分級標準	考生成績總分* （成績滿分 100 分）	標準說明
A⁻級	60≦總分≦79	以緩慢的速度、清楚的用詞，在語詞使用上有些反覆或者停頓的情況下，能夠用簡單的語詞跟他人對話。能夠從簡單的表格、短文讀出基本的信息，例如：人名、日期、年紀、時間、地點等等。
A 級	80≦總分≦89	對日常生活所接觸的事務，能夠理解較熟悉的事物，並且使用非常基礎的短語來表達及對應。例如：能夠介紹自己和別人、講出住在哪裡、認識的朋友以及所擁有的事物來做清楚的表達。用緩慢的速度、清楚的用詞，並且在提供協助的情形下，進行簡單的交流。
A⁺級	90≦總分≦100	能夠理解大部分跟個人經驗相關的話語，並且表達對應。針對單純、例行性、熟悉的任務，能夠簡單、直接跟人交換意見。能夠簡單講出個人生長環境、家人狀況、周邊環境及本身需求的事物。（通過此級者，可以跨級報考全民台語認證）

*考試科目：（1）「聽力測驗」，（2）「閱讀測驗」。

*59 分（含）以下未達分級標準。

2.3. 書寫及用字原則

　　「中小學生台語認證」的用字原則，是以「漢羅」（也就是漢字+羅馬字）書寫為原則，羅馬字書寫約佔 5%-10%。漢羅書寫的選用方式以國立成功大學台灣語文測驗中心所出版的《全民台語認證語詞分類寶典》為主。羅馬字及漢字用教育部公佈的「臺灣閩南語羅馬字拼音方案」、「臺灣閩南語推薦用字（3 批 700 字）」。若是推薦用字在語句裡面，有語意不清楚的時候，譬如：He 看起來比較較好食，書寫成：He 看起來比較 khah 好食。

　　羅馬字部分，聲調請用「調符」來標示，字型用「Taigi Unicode」。輕聲符號用「--」表示。輕聲符號前面讀本調，輕聲符號後面讀輕聲。例：āu--jit「後--日」（後天），用羅馬字表示；若是 āu-jit「後日」（以後的某一天），就用漢字表示。

　　漢羅書寫時，輕聲書寫以最精簡的標示方式為原則。若是輕聲用漢字書寫會造成語意偏差，就盡量用羅馬字書寫，或是加「--」表示。（**漢字書寫盡量不寫連字符號「-」及輕聲符號「--」**）

　　例：tsò--lâng　漢字書寫成：「做--人」

　　　　tsò-lâng　　漢字書寫成：「做人」

3. 試題題型說明及範例

3.1. 聽力測驗

本測驗分成三部分，分別是（a）聽話選圖，有 8 題、（b）看圖選話，有 6 題、（c）對話理解，有 6 題。每一題都是四選一的單選題，總共 20 題。作答時間大約 20 分鐘，實際測驗時間以錄音內容為準。以下是各題型內容說明：

（a）聽話選圖

每一題的題目會從錄音機播放一個問句或是對話。題目和問題全部用聽的，沒有印在試題紙本上，只有（A）、（B）、（C）、（D）四個選項有印在試題紙本上。每題只唸一次。聽完之後請從試題紙本上的（A）、（B）、（C）、（D）4 個選項中，選一個最適合的圖，將正確答案用 2B 鉛筆塗在答案卡的圓圈圈上。

範例：

（聽）請問下面 tó 1 粒是王梨？

（看）

（A）　　（B）　　（C）　　（D）

※正確答案是　🔵ⒷⒸⒹ

（b）看圖選話

　　每一題的題目有一張圖，會從錄音機播放一個與題目有關的問題，和（A）、（B）、（C）、（D）4 個選項的內容。問題沒有印在試題紙本上，只有題目的圖片和選項有印在試題紙本上。每題只唸一次。請根據聽到的問題，選一個與看到的圖片內容最相符的答案，將正確答案用 2B 鉛筆塗在答案卡的圓圈圈上。

範例：

（看）

（聽）請問，圖內底有幾个囡仔排隊 leh 借冊？

（A）1 个（B）2 个（C）4 个（D）5 个

※正確答案是　Ⓐ Ⓑ ● Ⓓ

（c）對話理解

每一題的題目會從錄音機播放一段對話與一個相關的問題，只有唸一次。聽完之後請從（A）、（B）、（C）、（D）四個選項中，選一個最適合台語語意的答案。將正確答案用 2B 鉛筆塗在答案卡的圓圈圈上。對話內容沒有印在試題紙本上，只有問題和選項會印在試題紙本上。

範例：

（聽）【對話第1段】

阿賢：阿英，這條數學 bē-hiáu，你 kâng 教一下，好無？

阿英：我 8 點 20 ài 補習，無時間 ah！

阿賢：猶 20 分 leh，你緊張啥。

（看）問題1：根據對話，請問 in 對話 ê 時間是幾點幾分？

（A）7 點（B）7 點 20 分（C）7 點 40 分（D）8 點

※正確答案是 Ⓐ Ⓑ Ⓒ ●

3.2. 閱讀測驗

本測驗分成三部分，分別是（a）看圖選句，有 8 題、（b）讀句補詞，有 8 題、（c）短文理解，有 4 題。每題都是四選一的單選題，總共有 20 題。全部的題目與問題內容都印在試題紙本上，用看的作答。作答時間是 20 分鐘。以下是各題型內容說明：

（a）看圖選句

每一題的題目有一張圖，請看圖片的內容，根據問題內容在（A）、（B）、（C）、（D）四個選項中，選一個最適合的答案，將正確答案用 2B 鉛筆塗在答案卡的圓圈圈上。

範例：

題目 1：

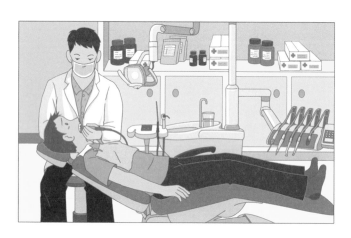

問題 1：請問下面 tó 1 个選項上合這幅圖？

（A）阿公腹肚無爽快去予醫生看
（B）阿叔目睭 ing 著沙仔去予醫生看
（C）阿爸喉齒疼去予醫生看
（D）老師頭疼去予醫生看

※正確答案是 Ⓐ Ⓑ ● Ⓓ

（b）讀句補詞

請在每一題的空格中，填一個最適當的選項。將正確選項用 2B 鉛筆塗在答案卡的圓圈圈上。

範例：

1. 「阿慧，你昨昏 kap 媽媽去動物園敢有看著足大隻 ê＿＿＿用鼻仔 teh phū 水。」請問空格仔內揀下面 tó 1 个選項上適當？

（A）猴山仔（B）象（C）雞公（D）長頷鹿

※正確答案是　Ⓐ●ⒸⒹ

（c）短文理解

每題均有一篇簡短的文章，根據短文的內容回答問題。將最適當的答案，用 2B 鉛筆塗在答案卡的圓圈圈上。

範例：

【第1篇】

阿榮 tsiânn 愛食果子，禮拜透早伊綴媽媽去菜市仔買菜，等媽媽 kā 肉、魚、青菜攏買好，tō 拖媽媽 ê 手 beh 去果子擔，伊看著真濟 pa̍t-á、蓮霧、suāinn-á、弓蕉，攏是伊 kah-ì--ê，叫媽媽一定 ài 買 khah 濟 leh。

問題1：根據頂面短文，下面這 4 項物件阿榮上愛食 tó 1 項？

（A）肉（B）魚（C）蓮霧（D）青菜

※正確答案是　ⒶⒷ●Ⓓ

模擬試題

Kan-na 提供予個人使用
若 beh 公開播送、使用
請先取得書面 ê 授權

模擬試題1

NCKU · CTLT · GTPT

【第 I 部分:聽力測驗】

（a）聽話揀圖
（b）看圖揀話
（c）對話理解

　　本測驗時間大約 20 分鐘,以實際錄音時間為準。總共 20 條,每 1 條攏是 4 選 1 ê 選擇題,tio̍h 1 條 2.5 分,攏總 50 分。Kā 正確 ê 答案用 2B 鉛筆畫 tī 答案卡 ê 圓箍仔內底。Bē-sái tī 試卷抑是答案卡頂頭做記號,若 beh 做記號請寫 tī 分落去 ê 白紙面頂。

※請掀開後一頁開始作答

Tâi-uân Gí-bûn Tshik-giām Tiong-sim
國立成功大學 台灣語文測驗中心
NCKU Center for Taiwanese Languages Testing

（a）聽話揀圖

這个單元有8條，聽看覓，揀1个上符合題目意思 ê 圖。每1條題目 kap 問題 kan-na 唸1擺。

題目1：

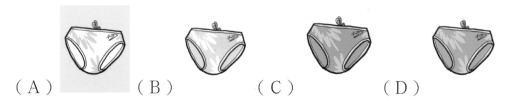

（A）　　　（B）　　　（C）　　　（D）

題目2：

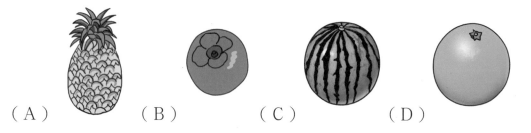

（A）　　　（B）　　　（C）　　　（D）

題目3：

（A）　　　（B）　　　（C）　　　（D）

題目4：

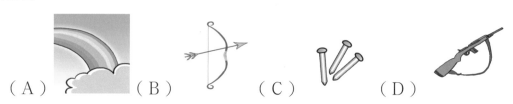

（A）　　　（B）　　　（C）　　　（D）

※後壁 koh 有試題

題目 5：

（A）　　　　（B）　　　　（C）　　　　（D）

題目 6：

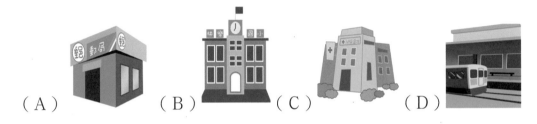

（A）　　　　（B）　　　　（C）　　　　（D）

題目 7：

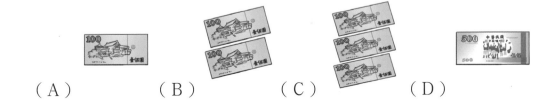

（A）　　　　（B）　　　　（C）　　　　（D）

題目 8：

（A）　　　　（B）　　　　（C）　　　　（D）

※後壁 koh 有試題

（b）看圖揀話

這个單元有 6 條，聽看覓，揀 1 个 kap 圖 ê 內容上符合 ê 答案。每 1 條題目 kap 問題 kan-na 唸 1 擺。

題目1：

（A）掠魚（B）看海（C）等人（D）釣魚

題目2：

（A）1个（B）2个（C）4个（D）5个

※後壁 koh 有試題

題目3：

（A）縛頭毛 ê 查某囡仔（B）講電話 ê 查埔人
（C）戴帽仔 ê 查埔囡仔（D）提雨傘 ê 查埔囡仔

題目4：

（A）予媽媽牽 ê 囡仔　　（B）穿紅 ê 雨幔 ê 囡仔
（C）穿黃 ê 雨幔 ê 囡仔　（D）駛藍 ê 車 ê 人

※後壁 koh 有試題

題目5：

（A）sńg 籃球　　（B）摃野球
（C）跳格仔　　　（D）走相逐

題目6：

（A）弓蕉　（B）王梨
（C）釋迦　（D）西瓜

（c）對話理解

這个單元有 6 條，聽看覓，根據對話 ê 內容，揀 1 个上合台語語意 ê 答案。每 1 條題目 kap 問題 kan-na 唸 1 擺。

問題 1：根據頂面 ê 對話，請問 in 對話 ê 時間是幾點幾分？

（A）7 點 （B）7 點 20 分 （C）7 點 40 分 （D）8 點

問題 2：根據對話，冊店 tī tó-uī？

（A）圖書館 ê 後壁
（B）學校 ê 外口
（C）餐廳 ê 後壁
（D）餐廳 ê 內面

問題 3：根據頂面 ê 對話，請問阿兄予小妹幾支鉛筆？

（A）5 支 （B）6 支 （C）7 支 （D）8 支

問題 4：根據對話，下面 tó 1 个選項 khah 妥當？

（A）查某 ê 升旗煞損著查埔 ê
（B）查埔 ê 升旗煞損著頭額
（C）查某 ê 頭額受傷，查埔 ê teh 安慰伊
（D）查埔 ê 頭額受傷煞 teh 問查某 ê

問題 5：根據頂面 ê 對話，請問 in 對話 ê 時是啥物天氣？

（A）好天 （B）落大雨 （C）落毛毛仔雨 （D）風颱天

問題 6：根據對話，請問下面 tó 1 个選項 khah 妥當？

（A）阿母 beh tshuā 阿弟仔去 hông 看喙齒
（B）阿弟仔有學過 A，煞學 kah 喙齒疼
（C）阿弟仔 A~kah 喙齒疼
（D）阿弟仔毋甘阿母喙齒疼

※後壁 koh 有試題

NCKU · CTLT · GTPT

【第Ⅱ部分：閱讀測驗】

（a）看圖揀句
（b）讀句補詞
（c）短文理解

　　本測驗時間 20 分鐘，總共 20 條，tiòh 1 條 2.5 分，攏總 50 分。請 tī 4 个選項內底揀 1 个上合台語語意、語法 ê 答案，用 2B ê 鉛筆 kā 正確 ê 答案畫 tī 答案卡 ê 圓箍仔內底。Bē-sái tī 試卷抑是答案卡頂頭做記號，若 beh 做記號請寫 tī 分落去 ê 白紙面頂。

※後壁 koh 有試題

（a）看圖揀句

這个單元有 8 條，請看圖 ê 內容，揀 1 个上符合 ê 答案。

題目 1：

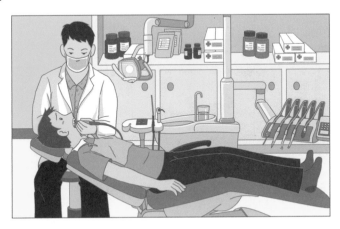

問題 1：請問下面 tó 1 个講法上合這幅圖？

（A）阿公腹肚無爽快去予醫生看　　（B）阿叔目睭 ing 著沙仔去予醫生看

（C）阿爸喙齒疼去予醫生看　　（D）老師頭疼去予醫生看

題目 2：

問題 2：請問下面 tó 1 个講法上合這幅圖 ê 部分內容？

（A）老師 tng teh 上課　　（B）老師 tng teh 放 CD

（C）學生攏真用心聽課　　（D）老師 tng teh 講笑詼

※後壁 koh 有試題

題目 3：

問題 3：請問下面 tó 1 个講法上合這幅圖 ê 部分內容？

（A）褲第二領攏拍 6 折 　　　（B）店內衫真濟，煞攏無人買
（C）有 1 个查埔 ê teh beh 入去試穿 　（D）一陣人 tī 百貨公司 teh 揀制服

題目 4：

問題 4：請問下面 tó 1 个講法合這幅圖 ê 部分內容？

（A）Beh 落雨 ah，阿芳 in 媽媽叫伊出門 ài 紮雨傘
（B）風大 kah 阿美 ê 雨傘 kiông 欲 giàh bē 牢
（C）出門 ài 紮雨傘 khah bē 曝烏去
（D）落大雨 ah，阿生 koh 強強 beh 出去

※後壁 koh 有試題

題目 5：

問題 5：請問下面 tó 1 句 ê 講法上合這幅圖 ê 部分內容？

（A）囡仔 in 阿爸毋予伊騎鐵馬　　（B）囡仔騎鐵馬 teh sńg

（C）囡仔 in 阿爸用鐵馬 kā 載　　（D）囡仔 tng teh 學騎鐵馬

題目 6：

問題 6：請問下面 tó 1 句 ê 講法上合這幅圖 ê 部分內容？

（A）Tī 體育館內底　　（B）有 2 个 teh 散步

（C）有 1 个 teh 跳舞　　（D）有 1 个查某囡仔 teh 走

※後壁 koh 有試題

題目 7：

問題 7：請問下面 tó 1 个講法上合這幅圖 ê 部分內容？

（A）象 teh 食草 （B）鳥鼠 tī 樹仔頂
（C）牛 teh lim 水 （D）長頷鹿 teh 食樹葉

題目 8：

問題 8：請問這个囡仔上有可能講啥？

（A）房間啥人 tī leh？ （B）客廳有人客 hioh？
（C）便所敢有人？ （D）灶跤啥人 teh 煮食？

※後壁 koh 有試題

（b）讀句補詞

這个單元有 8 條。請讀看覓，tī 空格仔內揀 1 个上適當 ê 選項。

1. 「阿慧，你昨昏 kap 媽媽去動物園敢有看著足大隻 ê＿＿＿＿用鼻仔 teh phū 水。」請問空格仔內揀下面 tó 1 个選項上適當？

（A）猴山仔（B）象（C）雞公（D）長領鹿

2.「阿全真 gâu，這擺會當代表台灣坐＿＿＿＿出國比賽，我替伊感覺足歡喜。」請問空格仔內揀下面 tó 1 个上適當？

（A）鐵馬（B）公車（C）高鐵（D）飛行機

3.「阿清，你 ná 會 hiah 無細膩，kā 滾水車倒 kah 規塗跤，緊去提＿＿＿＿來創予焦。」請問空格仔內揀下面 tó 1 个上適當？

（A）掃帚（B）畚斗（C）布擼仔（D）面巾

4.「台灣 ê 傳統戲劇有真濟種，1 種用人 ê 手 tshng uì 布尪仔內底入去演 ê，這種戲劇叫做＿＿＿＿。」請問空格仔內揀下面 tó 1 个上適當？

（A）歌仔戲（B）傀儡戲（C）皮猴戲（D）布袋戲

5.「阿美仔！五日節來去愛河看人＿＿＿＿龍船。」請問空格內底揀下面 tó 1 个選項上適當？

（A）kò（B）pe（C）sái（D）tōo

6.「今 teh 落雨，lín 出門著穿＿＿＿＿khah 好 oo~！」請問空格仔內揀下面 tó 1 个上適當？

（A）guā-tha̍h（B）hōo-mua（C）kah-á（D）uî-su-kûn

※後壁 koh 有試題

7.「禮拜，阿爸有＿＿＿＿我 kap 阮小妹去 *McDonald* hia 等阿母。」請問空格仔內揀下面 tó 1 个上適當？

（A）tshuā（B）tài（C）ín（D）tsah

8.「Beh 去台南，你 ài 去 kám-á-tiàm＿＿＿＿＿車牌仔＿＿＿＿＿等 *bus*。」請問空格仔內揀下面 tó 1 个上適當？

（A）頭前...下跤（B）頭前...跤（C）內底...跤（D）下跤...邊仔

※後壁 koh 有試題

（c）短文理解

這个單元有 4 條。請根據文章內容，揀 1 个上適當 ê 選項。

【第 1 篇】

　　阿榮 tsiânn 愛食果子，禮拜透早伊綴媽媽去菜市仔買菜，等媽媽 kā 肉、魚、青菜攏買好，tō 拖媽媽 ê 手 beh 去果子擔，伊看著真濟 pàt-á、蓮霧、suāinn-á、弓蕉，攏是伊 kah-ì--ê，叫媽媽一定 ài 買 khah 濟 leh。

問題 1：根據頂面 ê 短文，下面這 4 項物件阿榮上愛食 tó 1 項？

（A）肉（B）魚（C）蓮霧（D）青菜

【第 2 篇】

　　逐擺上體育課，老師攏會問看今仔日 beh 拍啥物球。大部分 ê 同學毋是 beh sńg 籃球，無 tō 是跤球抑是相閃球 kap 羽毛球，老師著攏照 in ê 意思。毋過罕罕仔嘛會 sńg 1 擺阿宗上愛 sńg ê 排球，予阿宗足歡喜。

問題 2：根據頂面 ê 短文，阿宗上 kah-ì 拍啥物種球？

（A）羽毛球（B）排球（C）跤球（D）籃球

※後壁 koh 有試題

【第 3 篇】

　　1 隻蟻仔問蜂講：「蜂兄！我有幾若項 kap 你真 sio siāng，你有 sit，會飛，我也會；你是 thâng-thuā ê 1 種，我也是；koh 你會叮--人，我也會。M̄-koh 1 項我想攏無！按怎我飛到 hia，人 kā 我趕 kàu hia；我若叮人，人 beh kā 我拍。因何你猶原會叮人，koh 人若予你叮 tiòh，比我 khah 食力，按怎人 hiah 疼你，hiah 保惜你，起厝予你 tuà，寒天時 koh 用糖水予你 lim，tse 是按怎？我想攏無。」

問題 3：根據文章，請揀選上 hàh-su ê 選項？

（A）蟻仔 khah 惡蜂足 gâu 叮人
（B）蟻仔 khah 無蜂 hiah 惡，攏會叮人
（C）蟻仔 phīng 蜂 khah 會叮人
（D）蟻仔 phīng 蜂 khah 顧人怨

【第 4 篇】

　　1 个阿婆坐 tī「空中飛車」ê 頭一位，tng「空中飛車」開始啟動，一陣坐 tī 後壁 ê 少年 ê 有講有笑。經過幾仔个大起落了，suah 逐个攏 tiām-tsiuh-tsiuh，kan-na 聽著阿婆一直 huah「衝啊！衝啊！」。「空中飛車」停落來了後，tsia ê 少年 ê kô-kô 驚 kah 面仔青 sún-sún，著問阿婆為啥物 ná 會攏毋驚，阿婆講伊嘛驚 kah beh 死，所以 tsiah 會直直叫 in 翁 ê 名，in 翁叫「阿昌」，人攏叫伊「昌仔」。

問題 4：根據頂面短文，下面 tó 1 个講法正確？

（A）阿婆坐「空中飛車」驚一下死去
（B）阿婆坐「空中飛車」足驚
（C）阿婆毋驚坐「空中飛車」
（D）阿婆驚 kap in 翁去坐「空中飛車」

※測驗結束

國立成功大學台灣語文測驗中心

 中小學生台語認證　選擇題答案卡

模擬試題練習用

注意事項	1. 限用 2B 鉛筆作答。 2. 畫記 ài 烏、清楚，ài kā 圓箍仔畫予 tīnn，buē-tàng thóo 出去格仔外口。 　畫例－ē-tàng 判讀：●，buē-tàng 判讀：Ⓥ ⊘ Ⓧ . 。 3. 請使用 hú-á（橡皮擦）修改答案，mài 使用「修正液」塗改。 4. 作答進前請核對答案卡頂面 ê 准考證號碼，若 kap 本人 ê 准考證號碼無仝， 　請 suî 時通知監考人員處理。

第 I 部分：聽力測驗

（a）聽話揀圖

1 Ⓐ Ⓑ Ⓒ Ⓓ
2 Ⓐ Ⓑ Ⓒ Ⓓ
3 Ⓐ Ⓑ Ⓒ Ⓓ
4 Ⓐ Ⓑ Ⓒ Ⓓ
5 Ⓐ Ⓑ Ⓒ Ⓓ
6 Ⓐ Ⓑ Ⓒ Ⓓ
7 Ⓐ Ⓑ Ⓒ Ⓓ
8 Ⓐ Ⓑ Ⓒ Ⓓ

（b）看圖揀話

1 Ⓐ Ⓑ Ⓒ Ⓓ
2 Ⓐ Ⓑ Ⓒ Ⓓ
3 Ⓐ Ⓑ Ⓒ Ⓓ
4 Ⓐ Ⓑ Ⓒ Ⓓ
5 Ⓐ Ⓑ Ⓒ Ⓓ
6 Ⓐ Ⓑ Ⓒ Ⓓ

（c）對話理解

1 Ⓐ Ⓑ Ⓒ Ⓓ
2 Ⓐ Ⓑ Ⓒ Ⓓ
3 Ⓐ Ⓑ Ⓒ Ⓓ
4 Ⓐ Ⓑ Ⓒ Ⓓ
5 Ⓐ Ⓑ Ⓒ Ⓓ
6 Ⓐ Ⓑ Ⓒ Ⓓ

第 II 部分：閱讀測驗

（a）看圖揀句

1 Ⓐ Ⓑ Ⓒ Ⓓ
2 Ⓐ Ⓑ Ⓒ Ⓓ
3 Ⓐ Ⓑ Ⓒ Ⓓ
4 Ⓐ Ⓑ Ⓒ Ⓓ
5 Ⓐ Ⓑ Ⓒ Ⓓ
6 Ⓐ Ⓑ Ⓒ Ⓓ
7 Ⓐ Ⓑ Ⓒ Ⓓ
8 Ⓐ Ⓑ Ⓒ Ⓓ

（b）讀句補詞

1 Ⓐ Ⓑ Ⓒ Ⓓ
2 Ⓐ Ⓑ Ⓒ Ⓓ
3 Ⓐ Ⓑ Ⓒ Ⓓ
4 Ⓐ Ⓑ Ⓒ Ⓓ
5 Ⓐ Ⓑ Ⓒ Ⓓ
6 Ⓐ Ⓑ Ⓒ Ⓓ
7 Ⓐ Ⓑ Ⓒ Ⓓ
8 Ⓐ Ⓑ Ⓒ Ⓓ

（c）短文理解

1 Ⓐ Ⓑ Ⓒ Ⓓ
2 Ⓐ Ⓑ Ⓒ Ⓓ
3 Ⓐ Ⓑ Ⓒ Ⓓ
4 Ⓐ Ⓑ Ⓒ Ⓓ

ৎৎৎ 模擬試題 **2** ৎৎৎ

NCKU · CTLT · GTPT

【第 I 部分：聽力測驗】

（a）聽話揀圖
（b）看圖揀話
（c）對話理解

本測驗時間大約 20 分鐘，以實際錄音時間為準。總共 20 條，每 1 條攏是 4 選 1 ê 選擇題，tiòh 1 條 2.5 分，攏總 50 分。Kā 正確 ê 答案用 2B 鉛筆畫 tī 答案卡 ê 圓箍仔內底。Bē-sái tī 試卷抑是答案卡頂頭做記號，若 beh 做記號請寫 tī 分落去 ê 白紙面頂。

※請掀開後一頁開始作答

Tâi-uân Gí-bûn Tshik-giām Tiong-sim
國立成功大學 台灣語文測驗中心
NCKU Center for Taiwanese Languages Testing

（a）聽話揀圖

這个單元有 8 條，聽看覓，揀 1 个上符合題目意思 ê 圖。每 1 條題目 kap 問題 kan-na 唸 1 擺。

題目 1：

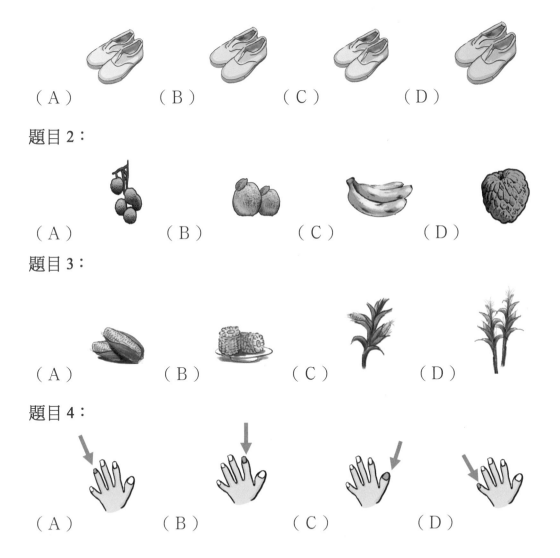

（A）　　　　（B）　　　　（C）　　　　（D）

題目 2：

（A）　　　　（B）　　　　（C）　　　　（D）

題目 3：

（A）　　　　（B）　　　　（C）　　　　（D）

題目 4：

（A）　　　　（B）　　　　（C）　　　　（D）

※後壁 koh 有試題

題目 5：

（A） （B） （C） （D）

題目 6：

（A） （B） （C） （D）

題目 7：

（A） （B） （C） （D）

題目 8：

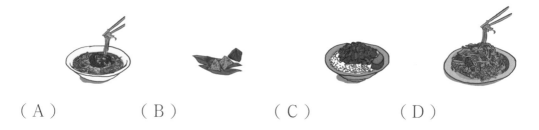

（A） （B） （C） （D）

※後壁 koh 有試題

（b）看圖揀話

這个單元有6條，聽看覓，揀1个 kap 圖 ê 內容上符合 ê 答案。每1條題目 kap 問題 kan-na 唸1擺。

題目1：

（A）洗衫（B）講話（C）披衫（D）耍球

題目2：

（A）豹（B）鹿（C）獅（D）bā-hio̍h

※後壁 koh 有試題

題目 3：

（A）Tī 電腦頭前寫作業

（B）Phak tī 電腦頭前

（C）Tī 房間內底看電視

（D）用電腦 teh sńg 電動 ê

題目 4：

（A）囡仔　（B）阿公

（C）阿爸　（D）阿媽

※後壁 koh 有試題

題目 5：

（A）Iàt 手 ê 查埔囡仔
（B）攑手 ê 查埔人
（C）揹黃 ê 揹仔 ê 少年人
（D）捾袋仔 ê 查埔人

題目 6：

（A）田嬰
（B）鳥仔
（C）蝶仔
（D）蛇

※後壁 koh 有試題

（c）對話理解

這个單元有 6 條，聽看覓，根據對話 ê 內容，揀 1 个上合台語語意 ê 答案。每 1 條題目 kap 問題 kan-na 唸 1 擺。

問題 1：根據頂面對話，請問囡仔按怎去公園？

（A）用行 ê（B）hông 載（C）踏鐵馬（D）坐公車

問題 2：根據頂面對話，請問老師叫伊 tńg-khì 食啥物？

（A）早頓（B）中晝頓（C）暗頓（D）點心

問題 3：根據對話，請問這个查某囡仔猶幾課 buē 讀？

（A）2 課（B）5 課（C）6 課（D）8 課

問題 4：根據對話，查埔囡仔 ê 意思是啥物？

（A）冊攏是 in 老爸 ê
（B）In 老爸 leh 開租冊店
（C）伊攏無家己 ê 冊
（D）冊，有 ê 是 in 老爸 ê，有 ê 毋是

問題 5：根據對話，昨昏是 tó 1 工？

（A）禮拜（B）拜一（C）拜四（D）拜五

問題 6：根據 in ê 講話，tó 1 个講法上適當？

（A）阿媽 beh 食菝仔
（B）孫仔叫阿媽食菝仔
（C）孫仔真愛食菝仔
（D）阿媽無法度食菝仔 ah

※後壁 koh 有試題

NCKU · CTLT · GTPT

【第 II 部分：閱讀測驗】

（a）看圖揀句
（b）讀句補詞
（c）短文理解

本測驗時間 20 分鐘，總共 20 條，tiȯh 1 條 2.5 分，攏總 50 分。請 tī 4 个選項內底揀 1 个上合台語語意、語法 ê 答案，用 2B ê 鉛筆 kā 正確 ê 答案畫 tī 答案卡 ê 圓箍仔內底。Bē-sái tī 試卷抑是答案卡頂頭做記號，若 beh 做記號請寫 tī 分落去 ê 白紙面頂。

※後壁 koh 有試題

（a）看圖揀句

這个單元有 8 條，請看圖 ê 內容，揀 1 个上符合 ê 答案。

題目 1：

問題 1：請問下面 tó 1 个講法上合這幅圖？

（A）1 个少年囡仔看著 1 箱 1 箱 ê 果子　　（B）1 个少年囡仔想 beh 挽果子

（C）1 个少年囡仔來到果子擔頭前　　（D）1 个少年囡仔 teh 種果子

題目 2：

問題 2：請問下面 tó 1 个講法上合這幅圖？

（A）伊用蠟筆畫圖　　（B）伊 teh 看光景

（C）伊 teh 寫毛筆　　（D）伊 teh 畫風景

※後壁 koh 有試題

題目 3：

問題 3：請問下面 tó 1 个講法上合這幅圖？

（A）逐家 tī 運動埕早會

（B）這節是體育課

（C）早會 ê 時，校長 kā 阮講真濟鼓勵 ê 話

（D）阿木仔走標跋倒，beh 去健康中心

題目 4：

問題 4：請問下面 tó 1 个講法上合這幅圖 ê 部分內容？

（A）1 个查埔囡仔 teh 跳索仔　　（B）2 个囡仔 kuānn 糞埽去摒

（C）2 个查某囡仔 tī 樹仔跤講話　（D）3 个查埔囡仔 teh sńg 籃球

※後壁 koh 有試題

題目 5：

問題 5：請問下面 tó 1 句 ê 講法上合這幅圖？

（A）囡仔兄提讖鏡 teh 觀察珠仔龜

（B）囡仔兄提球 pue-á teh sńg 珠仔龜

（C）囡仔兄提吊鏡 teh 創治珠仔龜

（D）囡仔兄用顯微鏡 teh 觀察珠仔龜

題目 6：

問題 6：請問下面 tó 1 句 ê 講法上適合這幅圖？

（A）今仔日真熱　　（B）今仔日風真透

（C）今仔日落大雨　（D）今仔日烏陰

※後壁 koh 有試題

題目 7：

問題 7：請問下面 tó 1 句 ê 講法上合這幅圖 ê 部分內容？

（A）圖內面有 5 隻雞　　　（B）狗仔 kap 雞仔囝 teh sńg

（C）雞仔囝 teh 看雞母生卵　　（D）雞母 tshuā 雞仔囝四界 sńg

題目 8：

問題 8：請問下面 tó 1 个講法上合這幅圖 ê 部分內容？

（A）查埔囡仔 teh sńg 跳五關　　（B）囡仔 teh sńg 電動 ê tshit-thô 物

（C）囡仔 teh sńg 古早 ê tshit-thô 物　　（D）查某囡仔 teh sńg 尪仔標

※後壁 koh 有試題

（b）讀句補詞

這个單元有 8 條。請讀看覓，tī 空格仔內揀 1 个上適當 ê 選項。

1.「阿明，你看 hit 隻_____ê 頷頸有夠長！伊哺樹葉仔 ê 形足成 teh 哺檳榔 neh。」請問空格仔內揀下面 tó 1 个選項上適當？

（A）馬仔（B）鵝仔（C）長頷鹿（D）躼跤鳥

2.「哇！雨傘攏開花啊，強欲 giah 袂牢。這種_____，準講穿雨幔 mā 會透身澹，人 mā 強欲予吹走！」請問空格仔內揀 tó 1 个上適當？

（A）透大風（B）落大雨（C）風颱天（D）透寒

3.「順仔，你歇熱是去 tó-uī sńg，曝 kah_____。」請問空格仔內揀 tó 1 个選項上適當？

（A）烏 sô-sô（B）烏漆漆（C）烏記記（D）烏 kòng-kòng

4.「阿華 teh huah 腹肚痛，阿母緊 tshuā 伊去予_____看。」請問空格仔內揀 tó 1 个選項上適當？

（A）司公（B）護士（C）老師（D）醫生

5.「逐擺出門，毋是 tsia 等 hia 等，時間浪費真濟，tsit-má 有_____，beh 去踅街抑是市內大街小巷，隨時有車班，koh 毋免等青紅燈，真利便！」請問空格仔內揀 tó 1 个上適當？

（A）公車（B）巴士（C）捷運（D）計程車

6.「便若歇熱，阿母攏會 tshuā 我轉去_____tshit-thô。阿舅會 tshuā 我 kap 表兄去掠田嬰。」請問空格仔內揀下面 tó 1 个選項上適當？

（A）透天厝（B）後頭厝（C）塗角厝（D）竹管仔厝

※後壁 koh 有試題

7.「少年若 bē 曉想,食老就會_____,所以老師定定勸阮 ài 認真拍拚。」請問空格仔內揀 tó 1 个選項上適當?

（A）毋成樣（B）bē 扒癢（C）看人面腔（D）切歲壽

8.「咱_____若無爽快,咱就 ài 去_____醫生看一下。」請問空格仔內揀下面 tó 1 个上適當?

（A）人...kā（B）心理...hōo（C）身軀...緊（D）人...hōo

※後壁 koh 有試題

（c）短文理解

這个單元有 4 條。請根據文章內容，揀 1 个上適當 ê 選項。

【第1篇】

　　我叫阿婷，上愛唱歌跳舞，是 1 个快樂 ê 小天使，爸爸媽媽 ê 乖囝，阿媽 ê 糖霜丸。我後擺想 beh 參加合唱團，代表學校出國比賽。媽媽講愛唱歌、跳舞 ê 人心情上 kái 好，身體嘛會變 khah 勇，koh 會予別人歡喜、快樂，真正是一兼二顧！

問題 1：根據短文，做啥物代誌會當一兼二顧？

（A）做乖囝

（B）參加樂團

（C）身體變予勇

（D）唱歌跳舞

【第2篇】

　　食飯 ê 時陣，阿榮 tī 食飯桌頭前，看著規桌頂 ê 菜攏是伊無愛食 ê，足想莫食，去外口買伊愛食 ê 物轉來食。M̄-kú 若毋食，koh 驚阿母受氣罵人，想著阿母講 ê 話：「食魚食肉也著菜佮，袂使 kan-na 夾愛食 ê 物配！」只好 koh 坐倒轉去食飯！

問題 2：根據頂面短文，阿榮是 1 个按怎 ê 囝仔？

（A）Buē 愛食 ê 囝仔

（B）毋食 ê 囝仔

（C）揀食 ê 囝仔

（D）愛食 ê 囝仔

※後壁 koh 有試題

【第3篇】

　　氣象講明仔載可能有 1 个風颱會入來，tuà 山跤 kap 海垙 ê 民眾 ài 趕緊徙去安全 ê 所在。看著雨落 kah tsiah-nī 大，阿母真煩惱講：「咱 tuà 山跤，雨落 tsiah-nī 大，若無緊來走，明仔載風颱若入來，按呢就害 ah。

問題 3：根據頂面短文，下面 tó 1 个選項是阿母煩惱 ê 主要原因？

（A）驚海水倒激
（B）驚地牛翻身
（C）驚會大海漲
（D）驚會水崩山

【第4篇】

　　台灣有一種所在，世界有名 koh 真趣味，有通 sńg 嘛有通食。若是講著食，看是 beh 食飽、食巧，抑是食喙焦、lim--ê，傳統个抑是異國風味 ê 點心，逐項有。若是講著 sńg--ê，報箍仔、射 ke-kui、臆牌仔、珠仔檯，看你 beh sńg 啥，攏總有。Koh suà 落來，若是 beh 穿婿 ê、食涼 ê、厝裡用 ê，驚你毋知 niâ，免驚無。莫怪暗時若到，hia 就人聲 tshiâng-tshiâng-kún、鬧熱熾熾，tsit-má 真濟外國來 ê 觀光客足愛去 hia sèh leh！

問題 4：根據頂面 ê 短文，這是啥物所在？

（A）菜市仔
（B）夜市仔
（C）大賣場
（D）百貨公司

國立成功大學台灣語文測驗中心

 中小學生台語認證　選擇題答案卡

模擬試題練習用

注意事項	
	1. 限用 2B 鉛筆作答。
	2. 畫記 ài 烏、清楚，ài kā 圓箍仔畫予 tīnn，buē-tàng thóo 出去格仔外口。
	畫例—ē-tàng 判讀：●，buē-tàng 判讀：Ⓥ ⊘ Ⓧ ◌ 。
	3. 請使用 hú-á（橡皮擦）修改答案，mài 使用「修正液」塗改。
	4. 作答進前請核對答案卡頂面 ê 准考證號碼，若 kap 本人 ê 准考證號碼無仝，請 suî 時通知監考人員處理。

第 I 部分：聽力測驗

（a）聽話揀圖

1. Ⓐ Ⓑ Ⓒ Ⓓ
2. Ⓐ Ⓑ Ⓒ Ⓓ
3. Ⓐ Ⓑ Ⓒ Ⓓ
4. Ⓐ Ⓑ Ⓒ Ⓓ
5. Ⓐ Ⓑ Ⓒ Ⓓ
6. Ⓐ Ⓑ Ⓒ Ⓓ
7. Ⓐ Ⓑ Ⓒ Ⓓ
8. Ⓐ Ⓑ Ⓒ Ⓓ

（b）看圖揀話

1. Ⓐ Ⓑ Ⓒ Ⓓ
2. Ⓐ Ⓑ Ⓒ Ⓓ
3. Ⓐ Ⓑ Ⓒ Ⓓ
4. Ⓐ Ⓑ Ⓒ Ⓓ
5. Ⓐ Ⓑ Ⓒ Ⓓ
6. Ⓐ Ⓑ Ⓒ Ⓓ

（c）對話理解

1. Ⓐ Ⓑ Ⓒ Ⓓ
2. Ⓐ Ⓑ Ⓒ Ⓓ
3. Ⓐ Ⓑ Ⓒ Ⓓ
4. Ⓐ Ⓑ Ⓒ Ⓓ
5. Ⓐ Ⓑ Ⓒ Ⓓ
6. Ⓐ Ⓑ Ⓒ Ⓓ

第 II 部分：閱讀測驗

（a）看圖揀句

1. Ⓐ Ⓑ Ⓒ Ⓓ
2. Ⓐ Ⓑ Ⓒ Ⓓ
3. Ⓐ Ⓑ Ⓒ Ⓓ
4. Ⓐ Ⓑ Ⓒ Ⓓ
5. Ⓐ Ⓑ Ⓒ Ⓓ
6. Ⓐ Ⓑ Ⓒ Ⓓ
7. Ⓐ Ⓑ Ⓒ Ⓓ
8. Ⓐ Ⓑ Ⓒ Ⓓ

（b）讀句補詞

1. Ⓐ Ⓑ Ⓒ Ⓓ
2. Ⓐ Ⓑ Ⓒ Ⓓ
3. Ⓐ Ⓑ Ⓒ Ⓓ
4. Ⓐ Ⓑ Ⓒ Ⓓ
5. Ⓐ Ⓑ Ⓒ Ⓓ
6. Ⓐ Ⓑ Ⓒ Ⓓ
7. Ⓐ Ⓑ Ⓒ Ⓓ
8. Ⓐ Ⓑ Ⓒ Ⓓ

（c）短文理解

1. Ⓐ Ⓑ Ⓒ Ⓓ
2. Ⓐ Ⓑ Ⓒ Ⓓ
3. Ⓐ Ⓑ Ⓒ Ⓓ
4. Ⓐ Ⓑ Ⓒ Ⓓ

❦❦❦　　模擬試題 3　　❧❧❧

NCKU · CTLT · GTPT

【第 I 部分：聽力測驗】

（a）聽話揀圖
（b）看圖揀話
（c）對話理解

　　本測驗時間大約 20 分鐘，以實際錄音時間為準。總共 20 條，每 1 條攏是 4 選 1 ê 選擇題，tiòh 1 條 2.5 分，攏總 50 分。Kā 正確 ê 答案用 2B 鉛筆畫 tī 答案卡 ê 圓箍仔內底。Bē-sái tī 試卷抑是答案卡頂頭做記號，若 beh 做記號請寫 tī 分落去 ê 白紙面頂。

※請掀開後一頁開始作答

Tâi-uân Gí-bûn Tshik-giām Tiong-sim
國立成功大學 台灣語文測驗中心
NCKU Center for Taiwanese Languages Testing

（a）聽話揀圖

　　這个單元有8條，聽看覓，揀1个上符合題目意思 ê 圖。每1條題目 kap 問題 kan-na 唸1擺。

題目1：

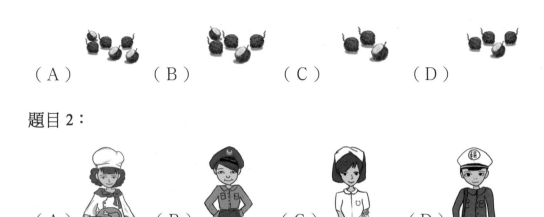

（A）　　　　　（B）　　　　　（C）　　　　　（D）

題目2：

（A）　　　　　（B）　　　　　（C）　　　　　（D）

題目3：

（A）　　　　　（B）　　　　　（C）　　　　　（D）

題目4：

（A）　　　　　（B）　　　　　（C）　　　　　（D）

※後壁 koh 有試題

題目 5：

（A）　　　（B）　　　（C）　　　（D）

題目 6：

（A）　　　（B）　　　（C）　　　（D）

題目 7：

（A）　　　（B）　　　（C）　　　（D）

題目 8：

（A）　　　（B）　　　（C）　　　（D）

※後壁 koh 有試題

（b）看圖揀話

這个單元有 6 條，聽看覓，揀 1 个 kap 圖 ê 內容上符合 ê 答案。每 1 條題目 kap 問題 kan-na 唸 1 擺。

題目 1：

（A）菜市仔　　　　（B）夜市仔
（C）一般衫仔店　　（D）百貨公司

題目 2：

（A）你中晝食啥物件　　（B）你上愛食啥物件
（C）媽媽上愛食啥物件　（D）媽媽上愛煮啥物件

※後壁 koh 有試題

題目 3：

（A）1个
（B）2个
（C）3个
（D）5个

題目 4：

（A）掛目鏡 ê 查埔人
（B）掛目鏡 ê 查某囝仔
（C）戴帽仔 ê 查埔囝仔
（D）提雨傘 ê 少年囝仔

※後壁 koh 有試題

題目 5：

（A）老師再會
（B）老師 gâu 早
（C）老師午安
（D）小朋友再會

題目 6：

（A）放天燈
（B）點光明燈
（C）做鼓仔燈
（D）攑鼓仔燈

※後壁 koh 有試題

（c）對話理解

這個單元有6條,聽看覓,根據對話 ê 內容,揀1个上合台語語意 ê 答案。每1條題目 kap 問題 kan-na 唸1擺。

問題1:根據對話,請問 in 對話 ê 時間是啥物時陣?

（A）早起 （B）下晡 （C）暗時 （D）半暝

問題2:根據對話,禮堂 tī tó-uī?

（A）Kap 圖書館 kâng 1 棟大樓
（B）Tī 圖書館 ê 頭前
（C）Tī beh 出校門口 ê 正手爿
（D）Tī 校門外口 hit 棟大樓 hia

問題3:根據對話,阿雄 in 小弟今年幾歲?

（A）7歲 （B）8歲 （C）9歲 （D）10歲

問題4:根據對話,hit 个查某囡仔 tsit-má 是按怎艱苦?

（A）落屎 （B）發燒 （C）腹肚痛 （D）面怪怪

問題5:根據對話,查埔囡仔出門,外口穿啥物衫?

（A）kah-á （B）hiû-á （C）衛生衣 （D）膨紗衫

問題6:根據對話,下面 tó 1 个選項 khah 妥當?

（A）人客 tī Pi-á 頭 kâng 問路
（B）A-sáng 講是 Pi-á 頭人 teh kâng 報路
（C）人客 tō tī tsia 盤車 tsiah 會到 Pi-á 頭
（D）A-sáng 教人客按怎坐車去 Pi-á 頭

※後壁 koh 有試題

NCKU · CTLT · GTPT

【第 II 部分：閱讀測驗】

（a）看圖揀句
（b）讀句補詞
（c）短文理解

　　本測驗時間 20 分鐘，總共 20 條，tio̍h 1 條 2.5 分，攏總 50 分。請 tī 4 个選項內底揀 1 个上合台語語意、語法 ê 答案，用 2B ê 鉛筆 kā 正確 ê 答案畫 tī 答案卡 ê 圓箍仔內底。Bē-sái tī 試卷抑是答案卡頂頭做記號，若 beh 做記號請寫 tī 分落去 ê 白紙面頂。

※後壁 koh 有試題

（a）看圖揀句

這个單元有 8 條，請看圖 ê 內容，揀 1 个上符合 ê 答案。

題目 1：

問題 1：請問下面 tó 1 句 ê 講法上適合這幅圖？

（A）這是報名台語認證 ê 廣告 　　（B）這是 beh 報名歇熱認證考試 ê 廣告

（C）有報名認證考試 ê 人就送機票 　（D）這是 beh 去越南 tshit-thô ê 廣告

題目 2：

問題 2：請問下面 tó 1 句 ê 講法上符合這幅圖 ê 部分內容？

（A）阿兄 teh 披衫 　　　（B）爸爸 teh sńg 球

（C）小妹 kap 貓仔 teh sńg （D）媽媽 kap 人 teh 講話

※後壁 koh 有試題

題目 3：

問題 3：請問下面 tó 1 句話符合爸仔囝 ê 動作？

（A）爸爸 beh 坐火車　　（B）囝仔 beh 坐火車

（C）In 做陣 beh 坐火車　　（D）爸爸 tī 月台內底等人

題目 4：

問題 4：請問下面 tó 1 个講法符合這幅圖 ê 部分內容？

（A）1 个人坐 tī 船仔頂釣魚　　（B）2 个人 sak 船仔轉來

（C）2 个查埔囝仔 teh sńg 沙仔　（D）2 个人 teh sak 船仔出去

※後壁 koh 有試題

題目 5：

問題 5：請問下面 tó 1 个講法上合這幅圖？

（A）一陣人 tī 圳邊 sńg   （B）一陣人 tī 溝仔邊 sńg
（C）一陣人 tī 湖邊 sńg   （D）一陣人 tī 海邊 sńg

題目 6：

問題 6：請問下面 tó 1 个講法上合這幅圖？

（A）天頂有鳥仔 kap 蝶仔 teh 飛   （B）穿白衫 ê 囡仔 mā leh 放風吹
（C）哥哥掠著 1 隻大田嬰   （D）In tī 草埔 teh 放風吹

※後壁 koh 有試題

題目 7：

問題 7：請問這幅圖 ê 囡仔上有可能講啥？

（A）今仔日 beh 去 tshit-thô，有準備真濟好料 ê

（B）Tsiah 暗 ah 人客猶未來，我腹肚足 iau--ê

（C）足好 ê，拜煞 ah，koh 有好料 ê 通食

（D）阿公 gâu 早，準備 hiah 濟物件 beh 拜拜 honnh

題目 8：

問題 8：請問下面 tó 1 个講法上合這幅圖？

（A）In 相招 beh 去圖書館看冊 （B）In 相招 beh 緊去運動埕佔位

（C）In 相招 beh 去拍籃球 （D）In 相招 beh 去健康中心

※後壁 koh 有試題

（b）讀句補詞

這个單元有 8 條。請讀看覓，tī 空格仔內揀 1 个上適當 ê 選項。

1.「我昨昏 tī 溪埔 hia 看著＿＿＿蛇，害我走 ná 飛 leh。」請問空格仔內底揀下面 tó 1 个選項上適當？

（A）1 條（B）1 支（C）1 隻（D）1 尾

2.「俗語講：天頂＿＿＿，地下母舅公。」請問空格仔內底揀下面 tó 1 个選項上適當？

（A）祖公（B）天公（C）阿公（D）三界公

3.「阿惠仔，十字路口車 tsiânn 濟又 koh 駛足 hiông，你若 beh 過 hit 个＿＿＿ tō ài khah 細膩 ê neh。」請問空格仔內揀下面 tó 1 个選項上適當？

（A）車頭（B）車班（C）車站（D）車路

4.「親成 ê 稱呼內底，lín 阿伯 ê 某，你 ài 叫伊＿＿＿。」請問空格仔內底揀下面 tó 1 个選項上適當？

（A）阿嫂（B）阿 ḿ（C）阿 kīm（D）阿嬸

5.「咱台灣人食飯 ê 時，大部分攏用＿＿＿來夾菜。」請問空格內底揀下面 tó 1 个選項上適當？

（A）湯匙（B）攕仔（C）箸（D）刀仔

6.「今仔日是冬節，我來去買寡圓仔 tshè 予 hia ê 囡仔＿＿＿圓仔。」請問空格仔內揀下面 tó 1 个選項上適當？

（A）tshue（B）phû（C）so（D）sńg

7.「電視新聞有 teh 報，_____beh 來 ah，蹛山跤 kap 海墘 ê 人 ài 趕緊 tshian-suá 去安全 ê 所在。」請問空格仔內揀下面 tó 1 个選項上適當？

（A）風颱（B）地動（C）西北雨（D）塗石流

8.「你去_____1 杯涼 ê 來予阿媽_____。」請問空格仔內揀下面 tó 1 个上適當？

（A）倒...sip（B）倒...lim（C）thîn...lim（D）thîn...sip

※後壁 koh 有試題

（c）短文理解

這个單元有 4 條。請根據文章內容，揀 1 个上適當 ê 選項。

【第 1 篇】

下課 ê 時，有人 tī 運動埕走 sio-jiok、趨石攄仔、坐 khōng 翹枋，mā 有人會跳索仔。阿宗上愛坐 tī 韆鞦頂懸 hàinn，hàinn 愈懸，伊愈歡喜。

問題 1：根據頂面短文，下課 ê 時阿宗上愛 sńg tó 1 項？

（A）跳索仔
（B）hàinn 韆鞦
（C）趨石攄仔
（D）坐 khōng 翹枋

【第 2 篇】

阿明有 1 个歹習慣，便若食飯 ê 時攏 kā 菜揀 hìnn-sak，kan-ta ngeh 肉去食。阿母 kā 伊講，囡仔人 bē-sái hiah gâu 揀食，無論是魚、肉、牛奶、青菜、果子攏有伊 ê 營養，對咱 ê 身體攏有幫贊。

問題 2：根據頂面短文，下面 tó 1 項物件是阿明上愛食 ê？

（A）肉
（B）牛奶
（C）水果
（D）青菜

※後壁 koh 有試題

【第 3 篇】

　　「阿珍！已經過晝 ah！去搬 1 tè 桌仔踮咱兜門口，koh ài 用面桶 té 水；面巾囥 tī 頂面，排桌仔頭前，等 leh 通好拜拜！」看著阿母攢 kah hiah-nī 濟物件，上歡喜 ê 就是小弟，因為攏是伊愛食 ê 糖仔餅、飲料。等門口好兄弟拜好，普渡了，阮就有 sì-siù-á 通好食 looh！

問題 3：根據頂面 ê 短文，這个節日是 tó 1 个？

（A）上元節
（B）清明節
（C）五日節
（D）中元節

【第 4 篇】

　　台灣四季無 tsiânn 明顯，真歹分 kah 真清楚，尤其是季節 teh 替換 ê 時，定定 hông sa 無。明明 to 春天過 beh 了 ah，猶 koh leh 寒 sih-sih。嘛有 hit 个 tsiânn 10 月仔，koh 熱 kah ná 人 teh 講 ê「秋天 ê 虎會咬--人」，tō 是按呢 tsiah 會予 tsia ê 服裝店 teh 頭疼。

問題 4：根據頂面短文，下面 tó 1 个講法正確？

（A）秋天 bē 過 tō tsiânn 寒
（B）春天變 kah ná 熱天 leh
（C）秋天 ê 虎會咬--人是 teh 講天氣真熱
（D）台灣寒足寒，熱足熱，四季分明

※測驗結束

國立成功大學台灣語文測驗中心

中小學生台語認證　選擇題答案卡
模擬試題練習用

注意事項	1. 限用 2B 鉛筆作答。
	2. 畫記 ài 烏、清楚，ài kā 圓箍仔畫予 tīnn，buē-tàng thóo 出去格仔外口。
	畫例—ē-tàng 判讀：●，buē-tàng 判讀：ⓥ ⊘ ⓧ ⊙。
	3. 請使用 hú-á（橡皮擦）修改答案，mài 使用「修正液」塗改。
	4. 作答進前請核對答案卡頂面 ê 准考證號碼，若 kap 本人 ê 准考證號碼無全，請 suî 時通知監考人員處理。

第 I 部分：聽力測驗

（a）聽話揀圖

1 Ⓐ Ⓑ Ⓒ Ⓓ
2 Ⓐ Ⓑ Ⓒ Ⓓ
3 Ⓐ Ⓑ Ⓒ Ⓓ
4 Ⓐ Ⓑ Ⓒ Ⓓ
5 Ⓐ Ⓑ Ⓒ Ⓓ
6 Ⓐ Ⓑ Ⓒ Ⓓ
7 Ⓐ Ⓑ Ⓒ Ⓓ
8 Ⓐ Ⓑ Ⓒ Ⓓ

（b）看圖揀話

1 Ⓐ Ⓑ Ⓒ Ⓓ
2 Ⓐ Ⓑ Ⓒ Ⓓ
3 Ⓐ Ⓑ Ⓒ Ⓓ
4 Ⓐ Ⓑ Ⓒ Ⓓ
5 Ⓐ Ⓑ Ⓒ Ⓓ
6 Ⓐ Ⓑ Ⓒ Ⓓ

（c）對話理解

1 Ⓐ Ⓑ Ⓒ Ⓓ
2 Ⓐ Ⓑ Ⓒ Ⓓ
3 Ⓐ Ⓑ Ⓒ Ⓓ
4 Ⓐ Ⓑ Ⓒ Ⓓ
5 Ⓐ Ⓑ Ⓒ Ⓓ
6 Ⓐ Ⓑ Ⓒ Ⓓ

第 II 部分：閱讀測驗

（a）看圖揀句

1 Ⓐ Ⓑ Ⓒ Ⓓ
2 Ⓐ Ⓑ Ⓒ Ⓓ
3 Ⓐ Ⓑ Ⓒ Ⓓ
4 Ⓐ Ⓑ Ⓒ Ⓓ
5 Ⓐ Ⓑ Ⓒ Ⓓ
6 Ⓐ Ⓑ Ⓒ Ⓓ
7 Ⓐ Ⓑ Ⓒ Ⓓ
8 Ⓐ Ⓑ Ⓒ Ⓓ

（b）讀句補詞

1 Ⓐ Ⓑ Ⓒ Ⓓ
2 Ⓐ Ⓑ Ⓒ Ⓓ
3 Ⓐ Ⓑ Ⓒ Ⓓ
4 Ⓐ Ⓑ Ⓒ Ⓓ
5 Ⓐ Ⓑ Ⓒ Ⓓ
6 Ⓐ Ⓑ Ⓒ Ⓓ
7 Ⓐ Ⓑ Ⓒ Ⓓ
8 Ⓐ Ⓑ Ⓒ Ⓓ

（c）短文理解

1 Ⓐ Ⓑ Ⓒ Ⓓ
2 Ⓐ Ⓑ Ⓒ Ⓓ
3 Ⓐ Ⓑ Ⓒ Ⓓ
4 Ⓐ Ⓑ Ⓒ Ⓓ

模擬試題 參考答案

模擬試題 1 參考答案

	題號	（a）聽話揀圖	題號	（b）看圖揀話	題號	（c）對話理解
第Ⅰ部分：聽力測驗	1	Ⓐ●ⒸⒹ	1	ⒶⒷⒸ●	1	ⒶⒷⒸ●
	2	●ⒷⒸⒹ	2	ⒶⒷ●Ⓓ	2	Ⓐ●ⒸⒹ
	3	Ⓐ●ⒸⒹ	3	●ⒷⒸⒹ	3	ⒶⒷ●Ⓓ
	4	●ⒷⒸⒹ	4	ⒶⒷ●Ⓓ	4	Ⓐ●ⒸⒹ
	5	ⒶⒷⒸ●	5	Ⓐ●ⒸⒹ	5	●ⒷⒸⒹ
	6	Ⓐ●ⒸⒹ	6	●ⒷⒸⒹ	6	●ⒷⒸⒹ
	7	ⒶⒷⒸ●				
	8	Ⓐ●ⒸⒹ				

第II部分：閱讀測驗

題號	(a)看圖揀句	題號	(b)讀句補詞	題號	(c)短文理解
1	Ⓐ Ⓑ ● Ⓓ	1	Ⓐ ● Ⓒ Ⓓ	1	Ⓐ Ⓑ ● Ⓓ
2	● Ⓑ Ⓒ Ⓓ	2	Ⓐ Ⓑ Ⓒ ●	2	Ⓐ ● Ⓒ Ⓓ
3	Ⓐ Ⓑ ● Ⓓ	3	Ⓐ Ⓑ ● Ⓓ	3	Ⓐ Ⓑ Ⓒ ●
4	Ⓐ ● Ⓒ Ⓓ	4	Ⓐ Ⓑ Ⓒ ●	4	Ⓐ ● Ⓒ Ⓓ
5	Ⓐ Ⓑ Ⓒ ●	5	Ⓐ ● Ⓒ Ⓓ		
6	Ⓐ ● Ⓒ Ⓓ	6	Ⓐ ● Ⓒ Ⓓ		
7	Ⓐ Ⓑ Ⓒ ●	7	● Ⓑ Ⓒ Ⓓ		
8	Ⓐ Ⓑ ● Ⓓ	8	Ⓐ ● Ⓒ Ⓓ		

模擬試題 2 參考答案

	題號	(a)聽話揀圖	題號	(b)看圖揀話	題號	(c)對話理解
第Ⅰ部分：聽力測驗	1	Ⓐ ●(B) Ⓒ Ⓓ	1	Ⓐ Ⓑ ●(C) Ⓓ	1	Ⓐ Ⓑ ●(C) Ⓓ
	2	Ⓐ Ⓑ ●(C) Ⓓ	2	●(A) Ⓑ Ⓒ Ⓓ	2	Ⓐ ●(B) Ⓒ Ⓓ
	3	Ⓐ Ⓑ Ⓒ ●(D)	3	Ⓐ Ⓑ Ⓒ ●(D)	3	Ⓐ Ⓑ ●(C) Ⓓ
	4	Ⓐ ●(B) Ⓒ Ⓓ	4	Ⓐ ●(B) Ⓒ Ⓓ	4	Ⓐ Ⓑ Ⓒ ●(D)
	5	●(A) Ⓑ Ⓒ Ⓓ	5	Ⓐ Ⓑ ●(C) Ⓓ	5	Ⓐ Ⓑ ●(C) Ⓓ
	6	Ⓐ Ⓑ ●(C) Ⓓ	6	●(A) Ⓑ Ⓒ Ⓓ	6	Ⓐ Ⓑ Ⓒ ●(D)
	7	Ⓐ Ⓑ Ⓒ ●(D)				
	8	●(A) Ⓑ Ⓒ Ⓓ				

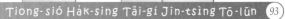

	題號	(a)看圖揀句	題號	(b)讀句補詞	題號	(c)短文理解
第Ⅱ部分：閱讀測驗	1	Ⓐ Ⓑ ● Ⓓ	1	Ⓐ Ⓑ ● Ⓓ	1	Ⓐ Ⓑ Ⓒ ●
	2	Ⓐ Ⓑ Ⓒ ●	2	Ⓐ Ⓑ ● Ⓓ	2	Ⓐ Ⓑ ● Ⓓ
	3	Ⓐ ● Ⓒ Ⓓ	3	● Ⓑ Ⓒ Ⓓ	3	Ⓐ Ⓑ Ⓒ ●
	4	Ⓐ ● Ⓒ Ⓓ	4	Ⓐ Ⓑ Ⓒ ●	4	Ⓐ ● Ⓒ Ⓓ
	5	● Ⓑ Ⓒ Ⓓ	5	Ⓐ Ⓑ ● Ⓓ		
	6	Ⓐ Ⓑ ● Ⓓ	6	Ⓐ ● Ⓒ Ⓓ		
	7	Ⓐ Ⓑ Ⓒ ●	7	● Ⓑ Ⓒ Ⓓ		
	8	Ⓐ Ⓑ ● Ⓓ	8	Ⓐ Ⓑ Ⓒ ●		

模擬試題 3 參考答案

	題號	(a)聽話揀圖	題號	(b)看圖揀話	題號	(c)對話理解
第Ⅰ部分：聽力測驗	1	Ⓐ ⬤ⒸⒹ (B)	1	ⒶⒷⒸ ⬤ (D)	1	⬤ⒷⒸⒹ (A)
	2	⬤ⒷⒸⒹ (A)	2	⬤ⒷⒸⒹ (A)	2	ⒶⒷ ⬤ Ⓓ (C)
	3	ⒶⒷ ⬤ Ⓓ (C)	3	Ⓐ ⬤ⒸⒹ (B)	3	⬤ⒷⒸⒹ (A)
	4	⬤ⒷⒸⒹ (A)	4	⬤ⒷⒸⒹ (A)	4	ⒶⒷ ⬤ Ⓓ (C)
	5	ⒶⒷⒸ ⬤ (D)	5	Ⓐ ⬤ⒸⒹ (B)	5	Ⓐ ⬤ⒸⒹ (B)
	6	ⒶⒷ ⬤ Ⓓ (C)	6	ⒶⒷⒸ ⬤ (D)	6	ⒶⒷⒸ ⬤ (D)
	7	Ⓐ ⬤ⒸⒹ (B)				
	8	ⒶⒷⒸ ⬤ (D)				

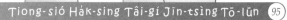
	題號	（a)看圖揀句	題號	（b)讀句補詞	題號	（c)短文理解
第Ⅱ部分：閱讀測驗	1	●ⒷⒸⒹ	1	ⒶⒷⒸ●	1	Ⓐ●ⒸⒹ
	2	ⒶⒷⒸ●	2	Ⓐ●ⒸⒹ	2	●ⒷⒸⒹ
	3	Ⓐ●ⒸⒹ	3	ⒶⒷⒸ●	3	ⒶⒷⒸ●
	4	ⒶⒷⒸ●	4	Ⓐ●ⒸⒹ	4	ⒶⒷ●Ⓓ
	5	ⒶⒷ●Ⓓ	5	ⒶⒷ●Ⓓ		
	6	ⒶⒷⒸ●	6	ⒶⒷ●Ⓓ		
	7	ⒶⒷ●Ⓓ	7	●ⒷⒸⒹ		
	8	Ⓐ●ⒸⒹ	8	ⒶⒷ●Ⓓ		

聽力測驗

完整內容試題

模擬試題 1 聽力測驗完整內容

第 I 部分【聽力測驗】

（a）聽話揀圖

問題 1：請問下面 tó 1 領是黃色 ê 褲？

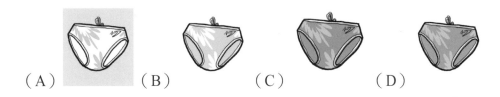

（A）　　　　（B）　　　　（C）　　　　（D）

問題 2：請問下面 tó 1 粒是王梨？

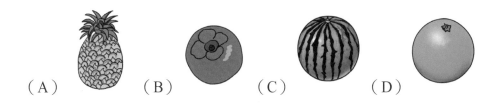

（A）　　　　（B）　　　　（C）　　　　（D）

問題 3：請問下面 tó 1 个圖是細漢查某囡仔用 tò 手 gia̍h 電話？

（A）　　　（B）　　　（C）　　　（D）

問題 4：請問下面 tó 1 个圖是「khīng」？

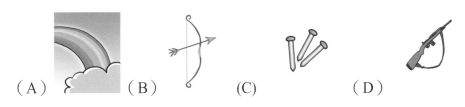

（A）　　　（B）　　　（C）　　　（D）

※後壁 koh 有試題

問題 5：

女：我愈來愈大箍，beh 按怎 khah 好？

男：你會使跳索仔來減肥。

女：毋過，跳索仔會吵著厝邊隔壁 neh。

男：無，泅水好無？

女：嗯，這个 idea 袂 bái。

請問查某 ê 上有可能做啥物運動來減肥？

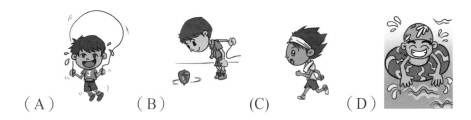

（A） （B） （C） （D）

問題 6：

女：Lín 阿爸 tī tó-uī leh 食頭路？

男：伊 tī 學校教冊。Ah lín 爸~leh？

女：伊是醫生。

請問查埔 ê in 老爸 tī tó-uī 上班？

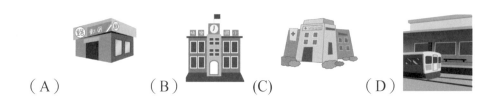

（A） （B） （C） （D）

※後壁 koh 有試題

問題 7：

　　A：這頂帽仔足媠，偌儕錢買 ê？

　　B：一頂三仔五 niā-niā。

請問下面 tó 1 个金額 tsiah 有法度買這頂帽仔？

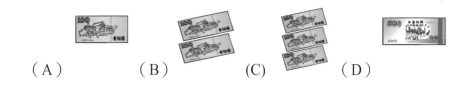

（A）　　　　（B）　　　　（C）　　　　（D）

問題 8：

　　A：Ooh！今仔日誠熱。

　　B：頭前有 1 間冰店，咱來去食枝仔冰通止喙焦。

請問 in beh 去食啥物？

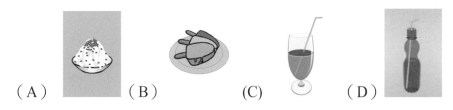

（A）　　　　（B）　　　　（C）　　　　（D）

※後壁 koh 有試題

（b）看圖揀話

題目1：

問題1：請問坐 tī 石頭頂懸 ê 查埔人 teh 做啥物？

（A）掠魚（B）看海（C）等人（D）釣魚

題目2：

問題2：請問圖內底有幾个囡仔 teh 排隊 beh 借冊？

（A）1个（B）2个（C）4个（D）5个

※後壁 koh 有試題

題目 3：

問題 3：請問啥人 leh kap 鉸票員講話？

（A）縛頭毛 ê 查某囡仔 （B）講電話 ê 查埔人

（C）戴帽仔 ê 查埔囡仔 （D）提雨傘 ê 查埔囡仔

題目 4：

問題 4：請問啥物人 tng teh 過車路？

（A）予媽媽牽 ê 囡仔 　　（B）穿紅 ê 雨幔 ê 囡仔

（C）穿黃 ê 雨幔 ê 囡仔 　　（D）駛藍 ê 車 ê 人

※後壁 koh 有試題

題目 5：

問題 5：請問 tī 草埔 hia ê 囡仔 teh 做啥物？

（A）sńg 籃球 （B）捽野球
（C）跳格仔 （D）走相逐

題目 6：

問題 6：請問果子擔吊 ê he 是啥物果子？

（A）弓蕉（B）王梨（C）釋迦（D）西瓜

※後壁 koh 有試題

（c）對話理解

【對話第1段】

男：阿英，這條數學 bē-hiáu，你 kâng 教一下，好無？

女：我 8 點 20 ài 補習，無時間 ah！

男：猶 20 分 leh 你緊張啥。

問題1：根據頂面 ê 對話，請問 in 對話 ê 時間是幾點幾分？

（A）7 點 （B）7 點 20 分 （C）7 點 40 分 （D）8 點

【對話第2段】

A：Lín 學校敢有圖書館？

B：有，餐廳後壁 ê 大樓就是圖書館。

A：學校附近有冊店無？

B：有，學校外口有 1 間。

問題2：根據對話，冊店 tī tó-uī？

（A）圖書館 ê 後壁

（B）學校 ê 外口

（C）餐廳 ê 後壁

（D）餐廳 ê 內面

※後壁 koh 有試題

【對話第 3 段】

　　小妹：阿兄，你有鉛筆無？

　　阿兄：頂禮拜買 1 打，我提 5 支去，tshun--ê 囥 tī 客廳屜仔內，攏予你。

問題 3：根據頂面 ê 對話，請問阿兄予小妹幾支鉛筆？

（A）5 支（B）6 支（C）7 支（D）8 支

【對話第 4 段】

　　女：Aih-ioh！你 ê 頭額按怎 ah？

　　男：我 kā 你講，ah tō hit 工 beh 升旗，旗仔按旗篙 lak 落來，損著 ê lah。

　　女：Ooh，一定足痛 ê honnh？好佳哉無 tiòh 目眉。

問題 4：根據對話，下面 tó 1 个選項 khah 妥當？

（A）查某 ê 升旗 suah 損著查埔 ê

（B）查埔 ê 升旗 suah 損著頭額

（C）查某 ê 頭額受傷，查埔 ê teh 安慰伊

（D）查埔 ê 頭額受傷 suah teh 問查某 ê

【對話第 5 段】

　　囡仔：媽仔~，我 beh 去學校上課 ah。

　　媽媽：雨傘 ài 紮 heh，khah 暗講 beh 變天。

問題 5：根據頂面 ê 對話，請問 in 對話 ê 時是啥物天氣？

（A）好天（B）落大雨（C）落毛毛仔雨（D）風颱天

※後壁 koh 有試題

【對話第 6 段】

　　阿弟仔：阿母，我喙齒疼。

　　阿母：阿弟仔，來，我看 leh。A~，喙開開。

　　阿弟仔：A，老師有教 A。

　　阿母：Ah，喙齒 ná leh 蛀 ah neh，緊來去予醫生看。

問題 6：根據對話，請問下面 tó 1 个選項 khah 妥當？

（A）阿母 beh tshuā 阿弟仔去 hông 看喙齒

（B）阿弟仔有學過 A，suah 學 kah 喙齒疼

（C）阿弟仔 A~kah 喙齒疼

（D）阿弟仔毋甘阿母喙齒疼

※測驗結束

模擬試題 2 聽力測驗完整內容

第 I 部分【聽力測驗】

（a）聽話揀圖

問題1：請問下面 tó 1 雙是粉紅仔 ê 鞋？

（A）　　　　（B）　　　　（C）　　　　（D）

問題2：

「媽仔~，拜一阮 ài 紮 1 項果子去學校，你 kám 會當買弓蕉 tńg--lâi，我想 beh 紮。」

請問下面 tó 1 項是囡仔想 beh 紮 ê 果子？

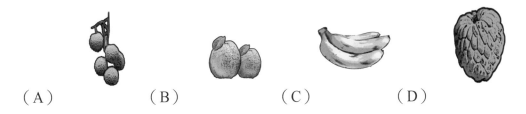

（A）　　　　（B）　　　　（C）　　　　（D）

問題3：請問下面 tó 1 个圖有 2 欉番麥？

（A）　　　　（B）　　　　（C）　　　　（D）

※後壁 koh 有試題

問題 4：咱講逐支指頭仔攏有名，請問下面 tó 1 个圖標示 kí-tsáinn？

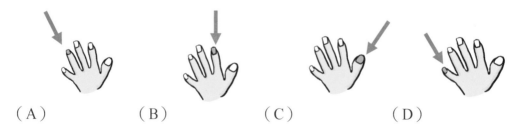

（A）　　　　　（B）　　　　　（C）　　　　　（D）

問題 5：

「拜三下晡免讀冊，阿母定定 tshuā 我去溪仔邊 hia 騎鐵馬。」

請問 in 拜三下晡定定會做啥活動？

（A）　　　　（B ）　　　　（C）　　　　（D）

問題 6：

「阿聰逐年 ê 歇熱攏會去 in 阿公 hia tuà，in 阿公是作穡人，逐工透早著 ài 去田裡巡田水，阿聰會綴去掠田 kap-á，koh 看四邊田園 ê 景色，予伊感覺輕鬆 koh 爽快。」

請問下面 tó 1 幅圖上符合阿聰 in 阿公 tuà ê 所在？

（A）　　　　（B）　　　　（C）　　　　（D）

※後壁 koh 有試題

問題 7：

「明仔載阮 beh 坐遊覽車去墾丁 tshit-thô。」

請問 in 明仔載 beh 坐啥物車去 tshit-thô？

（A） 　（B） 　（C） 　（D）

問題 8：

A：Òo，我腹肚足枵 ê。

B：你想 beh 食飯抑是麵？

A：清彩 lah，兩項攏嘛好。

B：按呢我請你食擔仔麵。

根據頂面對話，請問 in 去食啥物？

（A） 　　　（B） 　　　（C） 　　　（D）

※後壁 koh 有試題

（b）看圖揀話

題目1：

問題1：請問手攑懸ê查埔人 teh 創啥？

（A）洗衫（B）講話（C）披衫（D）耍球

題目2：

問題2：請問 tó 1 隻動物 tī 樹仔頂？

（A）豹（B）鹿（C）獅（D）bā-hio̍h

※後壁 koh 有試題

題目 3：

問題 3：請問阿明 teh 創啥？

（A）Tī 電腦頭前寫作業（B）Phak tī 電腦頭前
（C）Tī 房間內底看電視（D）用電腦 teh sńg 電動 ê

題目 4：

問題 4：這是 1 張全家福 ê 相片。請問啥物人無頭毛？

（A）囡仔（B）阿公（C）阿爸（D）阿媽

題目5：

問題5：請問啥人提票予鉸票員？

（A）l̍at 手 ê 查埔囡仔　　（B）攑手 ê 查埔人

（C）揹黃 ê 揹仔 ê 少年人　（D）揹袋仔 ê 查埔人

題目6：

問題6：請問穿黃衫 ê 囡仔伊 ê 風吹是啥物形？

（A）田嬰（B）鳥仔（C）蝶仔（D）蛇

※後壁 koh 有試題

（c）對話理解

【對話第1段】

囡仔：媽仔~，我 beh 去公園 oo。

媽媽：Hiooh，出門 khah 細膩騎 leh heh。

囡仔：我知 lah。

問題1：根據頂面對話，請問囡仔按怎去公園？

（A）用行 ê（B）hông 載（C）踏鐵馬（D）坐公車

【對話第2段】

學生：老師你好。

老師：12 點 tng 熱，猶毋 tńg-khì 食飯，koh tī hia luā-luā-sô。

問題2：根據頂面對話，請問老師叫伊 tńg-khì 食啥物？

（A）早頓（B）中畫頓（C）暗頓（D）點心

【對話第3段】

女：Eh，咱 tang-sî beh 考試 ah？

男：後禮拜五。

女：Ah 這擺攏總 beh 考幾課？

男：老師講攏總 beh 考 8 課。

女：Aih-ioh 害 ah，我 kan-na 讀 2 課 niâ。

問題3：根據對話，請問這个查某囡仔猶幾課 buē 讀？

（A）2 課（B）5 課（C）6 課（D）8 課

※後壁 koh 有試題

【對話第 4 段】

女：Ua！Lín 兜 ê 冊 bē 少 neh，tsia ê 冊敢攏是你 ê？

男：無 lah，有 ê 是阮爸仔 ê，有 ê 是租 ê。

問題 4：根據對話，查埔囡仔 ê 意思是啥物？

（A）冊攏是 in 老爸 ê

（B）In 老爸 leh 開租冊店

（C）伊攏無家己 ê 冊

（D）冊，有 ê 是 in 老爸 ê，有 ê 毋是

【對話第 5 段】

男：後--日禮拜 beh 去 sèh 街無？

女：好啊！M̄-kú 我昨昏 tsiah 去 niâ。

男：按呢 ooh！若無，拜一 tsiah 去。

問題 5：根據對話，昨昏是 tó 1 工？

（A）禮拜（B）拜一（C）拜四（D）拜五

【對話第 6 段】

孫仔：阿媽！冰箱有菝仔、柑仔蜜、蓮霧、葡萄，你 beh 食啥？

阿媽：Aih-ioh！He 菝仔 tīng-khok-khok，我食無法 lah！

問題 6：根據 in ê 講話，tó 1 个講法上適當？

（A）阿媽 beh 食菝仔

（B）孫仔叫阿媽食菝仔

（C）孫仔真愛食菝仔

（D）阿媽無法度食菝仔 ah

※測驗結束

模擬試題 3　聽力測驗完整內容

第 I 部分【聽力測驗】

（a）聽話揀圖

問題 1：請問下面 tó 1 个是有 5 粒荔枝 ê 圖？

（A）　　　　　（B）　　　　　（C）　　　　　（D）

問題 2：請問下面 tó 1 个是總舖師？

（A）　　　　（B）　　　　（C）　　　　（D）

問題 3：請問下面 4 个圖內底，tó 1 个圖 ê 四角箍仔標示 tī 跤盤 ê 所在？

（A）　　　（B）　　　（C）　　　（D）

問題 4：

「Lín 先食飯，我 beh 先來去洗身軀。」

請問講話 ê 人上有可能 ài 用著下面啥物物件？

（A）　　　　（B）　　　　（C）　　　　（D）

※後壁 koh 有試題

問題 5：

男：過年 beh 到 ah，你拍算 beh 創啥？

女：我有 1 个朋友，in 兜 tī 山頂，無定著我會去伊 hia 蹛。

請問過年 ê 時，查某囡仔可能會去 tó-uī？

（A）　　　　（B）　　　　（C）　　　　（D）

問題 6：

「這擺考試我無準備好，koh 拄著題目真困難，害我差一屑仔考無及格，這聲一定會予阿爸罵--死。」

請問下面 tó 1 幅圖上合頂面所講 ê 狀況？

（A）　　　（B）　　　（C）　　　（D）

問題 7：

阿母：阿強今仔日 khah 乖 neh，食真濟青菜 ooh。

阿強：媽~，老師講按呢 tsiah 會幫助消化，予身體健康 neh。

請問下面 tó 1 項物件 khah 會當助消化？

（A）　　　　（B）　　　（C）　　　　（D）

※後壁 koh 有試題

問題 8：

　　「車路青紅燈 ê tò 手 pîng 是紅燈，正手 pîng 是青燈，黃燈 tī 中央。」

請問下面 tó 1 个圖是車路青紅燈 ê 排列順序？

（A）　　　　（B）　　　　（C）　　　　（D）

※後壁 koh 有試題

（b）看圖揀話

題目1：

問題1：請問 tsia 上有可能是啥物所在？

（A）菜市仔 （B）夜市仔 （C）一般衫仔店 （D）百貨公司

題目2：

問題2：請問醫生上有可能對囡仔講下面 tó 1 句話？

（A）你中晝食啥物件　　（B）你上愛食啥物件

（C）媽媽上愛食啥物件　（D）媽媽上愛煮啥物件

※後壁 koh 有試題

題目3：

問題3：請問幾个學生囡仔認真 leh 上課？

（A）1个（B）2个（C）3个（D）5个

題目4：

問題4：請問啥物人 tng teh kap 人講電話？

（A）掛目鏡 ê 查埔人　　（B）掛目鏡 ê 查某囡仔

（C）戴帽仔 ê 查埔囡仔　　（D）提雨傘 ê 少年囡仔

※後壁 koh 有試題

題目 5：

問題 5：請問這个時陣上有可能出現下面 tó 1 句話？

（A）老師再會 （B）老師 gâu 早
（C）老師午安 （D）小朋友再會

題目 6：

問題 6：請問囡仔 leh 做啥物？

（A）放天燈 （B）點光明燈
（C）做鼓仔燈 （D）攑鼓仔燈

※後壁 koh 有試題

（c）對話理解

【對話第1段】

阿美：阿叔 gâu 早。

阿叔：阿美真乖，抾著人攏會 kā 人相借問 neh。

問題1：根據對話，請問 in 對話 ê 時間是啥物時陣？

（A）早起
（B）下晡
（C）暗時
（D）半暝

【對話第2段】

A：Ah 來借問 leh，lín 學校 ê 禮堂毋知 tī tó-uī honnh？

B：Tī 圖書館邊仔 hit 棟大樓。

A：Ah 若按呢圖書館 tī tó-uī leh？

B：圖書館 tī beh 出校門口 ê 正手爿。

問題2：根據對話，禮堂 tī tó-uī？

（A）Kap 圖書館 kâng 1 棟大樓
（B）Tī 圖書館 ê 頭前
（C）Tī beh 出校門口 ê 正手爿
（D）Tī 校門外口 hit 棟大樓 hia

※後壁 koh 有試題

【對話第 3 段】

女：阿雄，你今年幾歲？

男：過了年 tō 10 歲 ah。

女：Ah lín 小弟 leh？

男：伊減我 2 歲 lah。

問題 3：根據對話，阿雄 in 小弟今年幾歲？

（A）7 歲

（B）8 歲

（C）9 歲

（D）10 歲

【對話第 4 段】

男：你 ê 面色看起來怪怪 neh，是人 leh 艱苦是無？

女：Aih-ioh，我昨暝發燒，tsit-má suah 腹肚痛。

男：Hânn！敢會 beh 落屎？

問題 4：根據對話，hit 个查某囡仔 tsit-má 是按怎艱苦？

（A）落屎

（B）發燒

（C）腹肚痛

（D）面怪怪

※後壁 koh 有試題

【對話第 5 段】

母：阿囝 ê，天氣烏寒烏寒 neh，ài 加穿 1 領 hiû-á tsiah 出門 lah。

囝：Aih-ioh，我有穿衛生衣、膨紗衫，外面 koh 疊 1 領 kah-á neh。

母：Ài 乖，穿 leh lah！會熱 tsiah 褪起來就好啊。

囝：好 lah。

問題 5：根據對話，查埔囝仔出門外口穿啥物衫？

（A）kah-á

（B）hiû-á

（C）衛生衣

（D）膨紗衫

【對話第 6 段】

人客：A-sáng，請借問一下。

A-sáng：人客，外位來 ê honnh？

人客：Hioh，beh 去 Pi-á-thâu tio̍h 按怎 khah 緊？

A-sáng：你 tō tiàm hit 支車牌仔跤，等坐紅 2 號車到車頭，tsiah koh 盤青 5
號 ê。

人客：按呢 ooh，真 lóo-la̍t neh。

問題 6：根據對話，下面 tó 1 个選項 khah 妥當？

（A）人客 tī Pi-á 頭 kâng 問路

（B）A-sáng 講是 Pi-á 頭人 teh kâng 報路

（C）人客 tō tī tsia 盤車 tsiah 會到 Pi-á 頭

（D）A-sáng 教人客按怎坐車去 Pi-á 頭

※測驗結束

附錄

附錄 1

《世界文化多樣性宣言》全文【漢羅版】

UNESCO 2001 年 11 月初 2 tī 巴黎
第 31 屆大會第 20 次全體會議
根據第 IV 委員會 ê 報告通過 ê 決議

大會

　　大會為著重視完全實現《世界人權宣言》kap 1966 年有關公民權 kap 政治權,以及有關經濟、社會 kap 文化權 ê 兩項國際公約,hām 其他普遍認同 ê 法律文件中所宣布 ê 人權 kap 基本自由,

　　咱看早前 UNESCO《組織法》踏話頭內底所確認「文化 ê 大力宣傳 kap 為著正義、自由 hām 和平所做 ê 教育,是維護人類尊嚴 bē-sái 欠缺 ê 行為,嘛是逐國關心互助 ê 精神 kap ài 實踐 ê 神聖義務」,

　　咱 koh 看,《組織法》第一條特別規定 UNESCO ê 宗旨之一是「制訂必要 ê 國際協定,方便咱運用文字 kap 圖像來促進自由思想 ê 交流」,

　　參照 UNESCO 所頒布國際文件內面[1],有關文化多樣性 hām 文化權利行使 ê 逐項條款,

---

[1] Tsia ê 國際文件主要有:1950 年《Florence Agreement》,1976 年《Nairobi Protocol》,1952 年《Universal Copyright Convention》,1966 年《Declaration of the Principles of International Cultural Cooperation》,1970 年《Convention on the Means of Prohibiting and Preventing the Illicit Import, Export and Transfer of Ownership of Cultural Property》,1972 年《Convention for the Protection of the World Cultural and Natural Heritage》,1978 年《Declaration on Race and Racial Prejudice》,1980 年《Recommendation concerning the Status of the Artist》,1989 年《Recommendation on the Safeguarding of Traditional Culture and Folklore》。

內面重申應該 kā 文化看做是某一个社會抑是某一个社會群體特有 ê 精神、物質、智力 kap 感情方面無全特點 ê 總合。除去藝術 kap 文學之外，文化 koh 包含生活方式、鬥陣做伙 ê 方式、價值體系、傳統 kap 信仰[2]，

警覺著文化是咱當代關係特性，社會凝聚力 kap 用智識做基礎 ê 經濟發展所引起 ê 辯論中心點，

阮 mā 確認佇互相信任 kap 理解 ê 氣氛中，注重文化多樣、寬容、對談 kap 合作，這是國際和平 kap 安全上好 ê 保障，

Ǹg-bāng 咱會使佇確認文化多樣性，認識著人類一體，kap 文化間交流發展 ê 基礎頂面建立 koh khah 闊 ê 團結，

Koh 顧慮著雖然因為新 ê 資訊 kap 傳播技術 ê 快速發展造成全球化 ê 進行，這對文化多樣性來講，tsiânn 做另外一項 ê 挑戰，m̄-koh 這嘛創造一个新 ê 文化 kap 文明中間對談 ê 環境，

阮體認 UNESCO 佇 UN 系統中，受付託保護 kap 促進豐富多彩 ê 文化多樣性 ê 特殊職責，

宣布下面 ê 原則，koh 通過下底 ê 宣言：

特性，多樣性 kap 多元化

第1條 文化多樣性：人類共同繼承 ê 資產

文化佇無 siâng ê 時間，無全 ê 所在顯現無全款 ê 形式。這个文化多樣性具體表現佇人類中逐群體 kap 逐社會所呈現逐樣 ê 特殊性 kap 多元性。文化多樣性做為交流、創新 hām 創作 ê 源頭，這對人類來講，就像生物 ê 多樣性對自然生態全款必要。若照這款 ê 眼光來看，文化多樣性是全人類公家繼承 ê 資產，為著咱當代人類 kap 未來代代囝孫 ê 利益，咱應該 ài 認識 kap 肯定這

---

[2] 這是根據「世界文化政策會議」（MONDIACULT，Mexico City，1982 年），「世界文化 kap 發展委員會」（*Our Creative Diversity*，1995 年）kap「政府之間文化政策促進發展會議」（Stockholm，1998 年）綜合結論所落 ê 定義。

款 ê 意義。

第 2 條 uì 文化多樣性到文化多元主義

行現此時 ê 多樣化社會中，人 hām 人 kap 人 hām 群體之間互動必須確保，其中包括多元、無全 kap 動態 ê 逐種文化特性以及鬥陣生活 ê 意願。所有 ê 公民攏 hông 包含 koh 會當參與 ê 這款政策，是加強社會凝聚力、民間社團活力 kap 維護和平可靠 ê 保障。所以，這種文化多元主義提供文化多樣性實際 ê 政策表達。文化多元主義 kap 民主制度是 bē-sái 分割 ê，這引 tshuā 咱向文化交流 kap 豐富充實公眾生活 ê 創造能力。

第 3 條 文化多樣性是發展 ê 因素

文化多樣性 hùn 闊咱每一个人 ê 選擇範圍，這是發展 ê 根源之一，這 m̄-nā 是經濟成長 ê 因素，而且 koh 是達到予人滿意 ê 智力、感情、道德 kap 精神生活 ê 方法。

文化多樣性 kap 人權

第 4 條 人權是文化多樣性 ê 保障

Uì 倫理 tik ê 立場來看，保衛文化多樣性有迫切 ê 需要，伊 kap 注重人 ê 尊嚴全款 bē-sái 分割。這表示人 ài 尊重基本人權 kap 自由權，特別是對 hia ê 少數 ê 人 kap 原住民。任何人攏 bē-tàng 用文化多樣性來損害受著國際法保護 ê 人權，抑是 án-ni 來限制人權 ê 範圍。

第 5 條 文化權利是文化多樣性 ê 有利條件

文化權利是人權 ê 一个組成部分，in 是普世 bē-sái 分割 kap 互相依存 ê。豐沛 ê 創作多樣性要求完全實行《世界人權宣言》第二十七條 kap《經濟、社會、文化權利國際公約》第十三條 kap 第十五條所規定 ê 文化權利。Án-ni，只要佇尊重人權 kap 基本自由 ê 範圍內，每一个人應該攏會使選擇伊家己 ê 語言，特別是用 in ê 母語，來表達 in 家己 ê 思想，創作 kap 傳報 in ê 作品。每一个人攏有權接收尊重 in 文化特性 ê 優質教育 kap 培訓。每一个人攏應該

會使參與伊所選擇 ê 文化生活，而且從事 in 家己 ê 文化實踐 ê 活動。

第 6 條　所有 ê 人攏有取得文化多樣性 ê 管道

佇保障使用文字 kap 圖像 ê 自由流傳，siâng 時嘛 ài 注意 hōo 所有 ê 文化攏 ē-tàng 表達 kap 傳播 in 家己 ê 思想。言論自由、媒體多元主義、多語主義、平等取用藝術 kap 科技智識，包括所有形式 kap 所有文化攏有機會表達 kap 傳播等是達成文化多樣性 ê 倚靠。

文化多樣性 kap 創作

第 7 條　文化資產是創作 ê 源頭

每項創作攏是利用相關傳統做根源，m̄-koh 嘛需要 kap 其他 ê 文化交流才會得 thang tshiann-iānn 豐沛。因為按呢，逐種形式 ê 文化資產攏 ài 保惜，提高價值，代代傳湠落去；Siâng 時，促進培養多樣化 ê 創造力 kap 鼓舞建立無仝文化之間真正 ê 對談。

第 8 條　文化物品 kap 服務：參一般 ê 商品無仝

面對當今經濟科技 ê 變化發展，beh 開創一个開闊 ê 前景，ài 特別注意提供創意作品 ê 多樣性，koh ài 注意作者抑是藝術家 ê 著作權，hām 文化物品 kap 服務 ê 特殊性。因為這是特性、價值觀 hām 意義觀念 ê 指標方向，bē-sái kā 看做是一般 ê 商品或是消費品。

第 9 條　文化政策是推動創作 ê 催化劑

文化政策必須佇確保思想 hām 作品自由流通 ê 狀況下，利用 hia--ê ē-tàng 堅持在地 kàu 世界水準 ê 文化產業，創造有利多樣化文化物品 kap 服務 ê 生產 kap 傳播 ê 環境條件。每一个國家攏應該遵守伊 ê 國際義務，所以 in 嘛攏 ài 制定 in 本國 ê 文化政策，而且採取 in 認為合軀 ê 方法，像行動上 ê 支持抑是制定相關妥當 ê 規章。

文化多樣性 kap 國際團結

第 10 條 加強創作 ê 闊度 hām 傳佈能力

面對目前世界上，文化物品 kap 服務 ê 流通 kap 交換失衡 ê 現象，必須 ài 加強國際合作 hām 團結，這會當 hōo 所有 ê 國家，尤其是開發中 kap 轉型當中 ê 國家，開設有活力，而且佇伊本國抑是國際上有競爭力 ê 文化產業。

第 11 條 建立政府，私部門 kap 民間社團之間 ê 合作關係

Kan-tann 倚靠市場 ê 力量 bē-tàng 保證，嘛 bē-tàng 推 sak 文化多樣性，而且這个多樣性是人類發展 ê 關鍵。依照這個觀點，必須重新宣傳 kap 私部門 hām 民間社團合作政策 ê 基本原始功能，相關 ê 公共政策。

第 12 條 UNESCO ê 角色

UNESCO 根據本身 ê 職責 hām 功能，對下底這四項有責任：

(a) 促進每一个政府機關佇計畫發展策略中加入本宣言所列 ê 原則；

(b) 擔任各國政府、非政府組織、民間社團，以及私部門之間，為著欲支持文化多樣性所精心策畫 ê 概念、目標 hām 政策 ê 協商機構；

(c) 繼續從事 kap 本宣言有關 ê 各主管領域內底 ê 制定標準、提高認識 kap 培養能力等等 ê 活動；

(d) 行動計畫主要實施 ê 條目附佇本宣言後面。

實施 UNESCO 世界文化多樣性宣言 ê 行動計畫要點

會員國承諾採取適當措施，大力宣傳《UNESCO 世界文化多樣性宣言》，koh 為促進實踐以下目標來合作：

1. 加深關係文化多樣性議題 ê 國際性辯論，特別是 hit 寡牽連著發展，kap 對國家級 hām 國際級 ê 政策制定有影響 ê 議題；進一步思考來制定國際性 ê 法律文件 ê 可能性。

2. 促進制訂國家級 kap 國際級有 tshui-sak 文化多樣性 ê 原則、標準 kap

實踐活動，hām 提升意識 ê 方法 kap 合作模式。

3. 加強文化多元主義方面 ê 智識 kap 實踐 ê 交流，創造有利逐種文化背景來 ê 個人抑是團體互相融入 kap 參與 ê 利便環境。

4. 進一步認識 kap 說明文化權利是 tsiânn 做人權 ê 重要部分。

5. 保護人類 ê 語言遺產，支持鼓舞使用 khah 濟 ê 語言來表達思想，進行創作 kap 傳播。

6. 存著尊重母語 ê 精神之下，佇任何可能 ê 所在，所有 ê 逐級教育內底提倡語言多樣化，鼓舞按細漢 ê 時就開始學習多種語言。

7. 通過教育 hōo 人對文化多樣性有正面價值 ê 意識，koh siâng 時改進教學 ê 課程安排 hām 教師 ê 培訓。

8. 佇必要 ê 時陣，kā 傳統 ê 教學方法收納入教育工作內底，thang 保存 kap 充分利用有關 ê 文化。

9. 鼓舞「數位讀寫」koh 確保人人掌握資訊 kap 傳播新科技 ê 能力。這應當 tsiânn 做教育科目 kap 會當提升效率 ê 教學工具。

10. 促進世界 ê 語言多樣化，siâng 時鼓舞全球普遍利用世界網路去取用所有公開 ê 資訊。

11. Kap UN 系統相關 ê 機構合作，向數位隔離宣戰，支持幫贊發展中國家取用新科技。幫贊 in 熟用 tsia ê 資訊科技，siâng 時提供 in 本地產生 ê 文化產品做數位傳播，koh 助贊 in 取用全世界有路用 ê 教育、文化 hām 科學資源。

12. 鼓舞佇全球媒體 kap 資訊網路頂多樣性內容 ê 生產製造、保護 kap 傳播。Siâng 時提升公共電台 kap 電視台機構對優良品質 ê 視聽產品生產發展 ê 角色作用，其中尤其是 ài 促進建立合作機制來提升 tsia ê 產品 ê 傳送。

13. 制定政策 kap 策略來保護兼開發文化 kap 自然 ê 資產，特別是口述 kap 無形 ê 文化資產，siâng 時打擊文化商品抑是服務 ê 非法買賣。

14. 尊重兼保護傳統智識，特別是土著民族 ê 傳統智識；認 bat in 對環境保護 kap 自然資源運用 ê 貢獻；促進現代科學 kap 地方智識協力作用。

15. 支援創作人員、藝術家、研究者、科學家 kap 智識分子 ê 流動，嘛支援國際研究計畫 kap 合作關係 ê 發展。Siâng 時盡力保護提升發展中國家 kap 轉型期國家 ê 創造能力。

16. 保證保護創作 ê 著作權 kap 相關權利，予當代 ê 創作發展有合理 koh 公平 ê 報酬。Siâng 時嘛支持世界人權宣言第二十七條所規定公眾有取用文化 ê 權利。

17. 幫助發展中國家 kap 轉型期國家建立抑是加強文化產業，koh 建立的確 ài ê 基礎建設 kap 技術；支持鼓舞有活力 ê 在地市場，siâng 時提供 tsia ê 國家 ê 文化產品到世界市場 kap 國際流通網 ê 助贊。

18. 逐國 lóng ài 佇 in 應該盡 ê 義務之下，發展符合本宣言原則 ê 文化政策，包括必要 ê 活動輔助機構 kap 相關 ê 規章制度。

19. 牽引民間社團密切參與制定保護 kap 提倡文化多樣性 ê 公共政策。

20. 認知 koh 鼓舞私部門佇提倡文化多樣性 ê 貢獻，koh 為此建立公部門 kap 私部門 ê 對談空間。

會員國建議總幹事佇實施 UNESCO 逐計畫 ê 時，ài 考慮本行動計畫中提出 ê 目標，siâng 時傳播予 UN 系統 kap 其他有關 ê 政府機關 hām 非政府組織，thang 加強協同行動來助贊促進文化多樣性。

這个漢羅台文版本是由台灣羅馬字協會提供。林裕凱初譯，林清祥、江澄樹、蔣為文修定。2011 年 9 月 12 定稿。

The Hàn-Lô Taiwanese version of UNESCO Declaration on Cultural Diversity was provided by Taiwanese Romanization Association.

附錄 2

《世界文化多樣性宣言》全文【中文版】

聯合國教科文組織 2001 年 11 月 2 日於巴黎
第三十一屆大會第二十次全體會議
根據第 IV 委員的報告通過的決議

大會

重視充分實現《世界人權宣言》和 1966 年關於公民權利和政治權利及關於經濟、社會與文化權利的兩項國際公約等其他普遍認同的法律檔中宣佈的人權與基本自由,

憶及教科文組織《組織法》序言確認「⋯⋯文化之廣泛傳播以及為爭取正義、自由與和平對人類進行之教育為維護人類尊嚴不可缺少的舉措,亦為一切國家關切互助之精神,必須履行之神聖義務」,

還憶及《組織法》第一條特別規定教科文組織的宗旨之一是,建議「訂立必要之國際協定,以便於運用文字與圖像促進思想之自由交流」,

參照教科文組織頒佈的國際檔中[1]涉及文化多樣性和行使文化權利的各項條款,

重申應把文化視為某個社會或某個社會群體特有的精神與物質,智力與情感方面的不同特點之總和;除了文學和藝術外,文化還包括生活方式、共

---

[1] 這些國際檔主要有:1950 年的《佛羅倫斯協定》和 1976 年的《內羅畢議定書》,1952 年的《世界著作權公約》,1966 年的《國際文化合作宣言》,1970 年的《關於採取措施禁止並防止文化財產非法進出口和所有權非法轉讓公約》,1972 年的《保護世界文化和自然遺產公約》,1978 年的《關於種族和種族歧視的宣言》,1980 年的《關於藝術家地位的建議》及 1989 年的《關於保護傳統文化和民間文化的建議》。

處的方式、價值觀體系,傳統和信仰[2],

　　注意到文化是當代就特性、社會凝聚力和以知識為基礎的經濟發展問題展開的辯論的焦點,

　　確認在相互信任和理解氛圍下,尊重文化多樣性、寬容、對話及合作是國際和平與安全的最佳保障之一,

　　希望在承認文化多樣性、認識到人類是一個統一的整體和發展文化間交流的基礎上開展更廣泛的團結互助,

　　認為儘管受到新的資訊和傳播技術的迅速發展積極推動的全球化進程對文化多樣性是一種挑戰,但也為各種文化和文明之間進行新的對話創造了條件,

　　認識到教科文組織在聯合國系統中擔負著保護和促進豐富多彩的文化多樣性的特殊職責,

　　宣佈下述原則並通過本宣言:

特性、多樣性和多元化

第1條　文化多樣性:人類的共同遺產

　　文化在不同的時代和不同的地方具有各種不同的表現形式。這種多樣性的具體表現是構成人類的各群體和各社會的特性所具有的獨特性和多樣化。文化多樣性是交流、革新和創作的源泉,對人類來講就像生物多樣性對維持生物平衡那樣必不可少。從這個意義上講,文化多樣性是人類的共同遺產,應當從當代人和子孫後代的利益考慮予以承認和肯定。

第2條　從文化多樣性到文化多元化

　　在日益走向多樣化的當今社會中,必須確保屬於多元的、不同的和發展

---

[2] 這是根據世界文化政策會議(MONDIACULT,Mexico City,1982 年),世界文化和發展委員會(報告《我們具有創造力的多樣性》,1995 年)及政府間文化政策促進發展會議(斯德哥爾摩,1998 年)的結論所下的定義。

的文化特性的個人和群體的和睦關係和共處。主張所有公民的融入和參與的政策是增強社會凝聚力、民間社會活力及維護和平的可靠保障。因此，這種文化多元化是與文化多樣性這一客觀現實相應的一套政策。文化多元化與民主制度密不可分，它有利於文化交流和能夠充實公眾生活的創作能力的發揮。

第 3 條　文化多樣性是發展的因素

文化多樣性增加了每個人的選擇機會；它是發展的源泉之一，它不僅是促進經濟增長的因素，而且還是享有令人滿意的智力、情感、道德精神生活的手段。

文化多樣性與人權

第 4 條　人權是文化多樣性的保障

捍衛文化多樣性是倫理方面的迫切需要，與尊重人的尊嚴是密不可分的。它要求人們必須尊重人權和基本自由，特別是尊重少數人群體和土著人民的各種權利。任何人不得以文化多樣性為由，損害受國際法保護的人權或限制其範圍。

第 5 條　文化權利是文化多樣性的有利條件

文化權利是人權的一個組成部分，它們是一致的、不可分割的和相互依存的。富有創造力的多樣性的發展，要求充分地實現《世界人權宣言》第 27 條和《經濟、社會、文化權利國際公約》第 13 條和第 15 條所規定的文化權利。因此，每個人都應當能夠用其選擇的語言，特別是用自己的母語來表達自己的思想，進行創作和傳播自己的作品；每個人都有權接受充分尊重其文化特性的優質教育和培訓；每個人都應當能夠參加其選擇的文化生活和從事自己所特有的文化活動，但必須在尊重人權和基本自由的範圍內。

第 6 條　促進面向所有人的文化多樣性

在保障思想通過文字和圖像的自由交流的同時，務必使所有的文化都能表現自己和宣傳自己。言論自由，傳媒的多元化，語言多元化，平等享有各

種藝術表現形式,科學和技術知識--包括數碼知識--以及所有文化都有利用表達和傳播手段的機會等,均是文化多樣性的可靠保證。

文化多樣性與創作

第 7 條 文化遺產是創作的源泉

　　每項創作都來源於有關的文化傳統,但也在同其他文化傳統的交流中得到充分的發展。因此,各種形式的文化遺產都應當作為人類的經歷和期望的見證得到保護、開發利用和代代相傳,以支持各種創作和建立各種文化之間的真正對話。

第 8 條 文化物品和文化服務:不同一般的商品

　　面對目前為創作和革新開闢了廣闊前景的經濟和技術的發展變化,應當特別注意創作意願的多樣性,公正地考慮作者和藝術家的權利,以及文化物品和文化服務的特殊性,因為它們體現的是特性、價值觀和觀念,不應被視為一般的商品或消費品。

第 9 條 文化政策是推動創作的積極因素

　　文化政策應當在確保思想和作品的自由交流的情況下,利用那些有能力在地方和世界一級發揮其作用的文化產業,創造有利於生產和傳播文化物品和文化服務的條件。每個國家都應在遵守其國際義務的前提下,制訂本國的文化政策,並採取其認為最為合適的行動方法,即不管是在行動上給予支持還是制訂必要的規章制度,來實施這一政策。

文化多樣性與國際團結

第 10 條 增強世界範圍的創作和傳播能力

　　面對目前世界上文化物品的流通和交換所存在的失衡現象,必須加強國際合作和國際團結,使所有國家,尤其是發展中國家和轉型期國家能夠開辦一些有活力、在本國和國際上都具有競爭力的文化產業。

第 11 條 建立政府、私營部門和民間社會之間的合作夥伴關係

單靠市場的作用是作不到保護和促進文化多樣性這一可持續發展之保證的。為此，必須重申政府在私營部門和民間社會的合作下推行有關政策所具有的首要作用。

第 12 條 教科文組織的作用

教科文組織根據其職責和職能，應當：

(a) 促進各政府間機構在制訂發展方面的戰略時考慮本宣言中陳述的原則；

(b) 充任各國、各政府和非政府國際組織、民間社會及私營部門之間為共同確定文化多樣性的概念、目標和政策所需要的聯繫和協商機構；

(c) 繼續在其與本宣言有關的各主管領域中開展制定準則的行動、提高認識和培養能力的行動；

(d) 為實施其要點附於本宣言之後的行動計畫提供便利。

實施教科文組織世界文化多樣性宣言的行動計畫要點

會員國承諾採取適當措施，廣泛宣傳《教科文組織世界文化多樣性宣言》，並促進宣言的有效實施，其中包括為實現下列目標而展開合作：

1. 深入開展與文化多樣性問題，尤其是文化多樣性與發展的關係問題和文化多樣性對制定國家或國際政策的影響問題有關的國際辯論，尤其要推動對制定一份關於文化多樣性的國際法律檔是否可行進行思考；

2. 促進在國家和國際一級制定最有利於保護和提倡文化多樣性的原則、規範和實踐活動以及提高認識的方法和合作方式；

3. 促進文化多元化方面的知識與良策的交流，為多元化社會中來自四面八方具有不同文化背景的個人和群體的融入和參與提供便利。

4. 進一步認識和闡明作為人權之組成部分的文化權利所包含的內容。

5. 保護人類的語言遺產，鼓勵用盡可能多的語言來表達思想、進行創作

和傳播。

6. 提倡在尊重母語的情況下，在所有可能的地方實現各級教育中的語言多樣化，鼓勵自幼學習多種語言。

7. 通過教育，培養對文化多樣性的積極意義的意識，並為此改進教學計畫的制訂和師資隊伍的培訓。

8. 在必要時，將傳統的教學方法納入到教學工作中，以保存和充分利用有關文化所特有的交流和傳授知識的方法。

9. 促進「數位掃描」，將資訊與傳播新技術作為教學計畫中的學科和可提高教學工作效率的教學手段，提高掌握這些新技術的能力。

10. 促進數位空間的語言多樣化，鼓勵通過全球網路普遍地利用所有的公有資訊。

11. 與聯合國系統各有關機構密切合作，向數位鴻溝宣戰，促進發展中國家利用新技術，幫助這些國家掌握資訊技術，並為當地文化產品的數位化傳播和這些國家利用世界範圍的具有教育、文化和科學性質的數位化資源提供方便。

12. 鼓勵世界傳媒和全球資訊網路製作、保護和傳播多樣化的內容，並為此加強公共廣播和電視機構在開發高質量視聽產品方面的作用，其中要支援建立一些有利於更好地傳播這些產品的合作機制。

13. 制定保護和開發利用自然遺產和文化遺產，特別是口述和非物質文化遺產的政策和戰略，反對文化物品和文化服務方面的非法買賣。

14. 尊重和保護傳統知識，特別是土著人民的傳統知識；承認環境保護和自然資源管理方面的傳統知識的作用；發揮現代科學與民間傳統知識的協同作用。

15. 支援創作人員、藝術家、研究人員、科學家和知識份子的流動和國際研究計畫及合作夥伴關係的制定和發展，同時努力做到保護和提高發展中國家和轉型期國家的創造力。

16. 為了當代創作工作的發展並使創作工作得到合理的酬報，保證著作權及其鄰接權得到保護，同時捍衛《世界人權宣言》第 27 條所規定的公眾享受文化的權利。

17. 幫助發展中國家和轉型期國家建立或加強文化產業，並為此合作建立必要的基礎結構和培養必要的人才，促進建立有活力的當地市場，並為這些國家的文化產品進入世界市場和國際發行網提供方便。

18. 在尊重各國的國際義務的情況下，制定能夠通過一些必要的活動輔助機制及／或相應的規章制度來推行本宣言所制定之原則的文化政策。

19. 使民間社會的各個方面密切參與制定保護和提倡文化多樣性的公共政策。

20. 承認並鼓勵私營部門在提倡文化多樣性上的貢獻，並為此建立公共部門與私營部門的對話空間。

會員國建議總幹事在實施教科文組織的計畫時考慮到本行動計畫中確定的各項目標，並將這些目標通知聯合國系統各機構，以及其他有關的政府間組織和非政府組織，以便加強協調行動，促進文化多樣性。

附錄 3

《世界語言權宣言》摘錄【中文版／全羅台文版對照】

世界語言權宣言中有關語言教育文化的條文

Sè-kài gí-giân-khuân Suan-giân lāi-bīn iú-kuan gí-giân kàu-io̍k bûn-huà ê tiâu-bûn

前言

　　根據聯合國大會一九四八年十二月十日第 217A (III)號決議通過並宣佈的《世界人權宣言》第二條「人人均享有本宣言所記載一切權利與自由，不分種族、膚色、性別、語言、宗教、政治或其他主張、民族、社會出身、財產、出生或其他身份」；

Thâu-sû

　　Kin-kì Liân-ha̍p-kok Tāi-huē 1948 nî 12 gue̍h tshe 10 tē 217A (III) hō kuat-gī thong-kuè koh suan-pòo ê Sè-kài Jîn-khuân Suan-giân tē jī tiâu: lâng-lâng lóng ē-tàng hiáng-siū pún Suan-giân sóo kì-tsài it-tshè khuân-lī kap tsū-iû, bô-hun tsíng-tso̍k, phuê-hu-sik, sìng-pia̍t, gí-giân, tsong-kàu, tsìng-tī ah-sī kî-tha tsú-tiunn, bîn-tso̍k, siā-huē tshut-sin, tsâi-sán, tshut-sing ah-sī kî-tha ê sin-hūn.

　　一九九六年六月六日至九日在西班牙 Barcelona 簽署的《世界語言權宣言》在其序言中更宣稱：

　　1996 nî 6 gue̍h 6 ji̍t kàu 9 ji̍t tī Se-pan-gâ ê Barcelona tshiam-sú ê *Sè-kài Gí-giân-khuân Suan-giân* ê thâu-sû lāi-bīn koh kong-khai suan-pòo:

　　每一種語言的情況均是諸多政治、法律、意識型態和歷史、人口統計數

字和地域、經濟和社會、文化、語言和社會語言學、以及語言間和主觀本質等，各種因素幅輳與交互作用的結果。

Muí tsit-tsióng gí-giân ê tsong-hóng lóng-sī sóo-ū tsìng-tī, huat-lùt, ì-sik hîng-thài kap lik-sú, jîn-kháu thóng-kè sòo-jī kap tē-hik, king-tsè hām siā-huē bûn-huà gí-giân kap siā-huē gí-giân-hàk, í-kip gí-giân-kan ê tsú-kuan pún-tsit tíng-tíng, kok-tsióng in-sòo kau-lām hōo-siōng tsok-iōng ê kiat-kó.

更確切地說，目前這些因素可定義為：

Kóng koh khah bîng-khak leh, bok-tsîng tsia ê in-sòo ē-sái án-ne kā tīng-gī:

1. 長久以來大多數國家追求單一化的趨勢，以致於將削減差異性並採取反對多元文化和語言的態度。

1. Tn̂g-kú í-lâi, tuā-to-sòo ê kok-ka tui-kiû tan-it-huà ê tshu-sè, tì-sú bûn-huà-kan ê tsha-ī-sìng kiám-tsió koh tshái-tshú huán-tuì to-guân bûn-huà kap gí-giân ê thài-tōo.

2. 世界經濟潮流所導致的全球資訊、溝通和文化市場，阻斷了相互關係的幅員以及為確保語言共同體內在同質性的互動形式。

2. Sè-kài king-tsè tiâu-liû sóo ín-khí ê tsuân-kiû tsu-sìn, kau-thong kap bûn-huà tshī-tiûnn, tsóo-tn̂g hōo-siong kuan-hē ê huān-uî hām kài-suànn í-kip uī-tiòh bueh khak-pó gí-giân kiōng-tông-thé lāi-tsāi tông-tsit-sìng ê hōo-tōng hîng-sik.

3. 一種由跨國經濟團體以自由為名，確認解除對講求進步與競爭之個體主義的限制，同時卻衍生出嚴重且持續增加中之經濟、社會、文化和語言不平等的經濟學成長模式。

3. Tsit-tsióng í tsū-iû ê miâ-gī thàu-kuè khuà-kok king-tsè thuân-thé, lâi khak-jīn kái-tû tuì káng-kiû tsìn-pōo kap kīng-tsing ê kò-thé tsú-gī ê hān-tsè, kâng sî-tsūn koh sán-sing koh khah giâm-tiōng, jî-tshiánn it-tit teh kè-siòk tsing-ka ê king-tsè, bûn-huà, siā-huē kap gí-giân bô pîng-tíng ê king-tsè-hàk sîng-tióng bôo-sik.

語言社群目前正處於因缺乏自治政府、人口稀少或是部分或全體族人遭

到驅散、經濟力量微薄、語言無法化成具體文字、或文化模式與統治者相衝突的壓力之下，因此，除非以下基本條件能夠受到重視，否則將有許多語言無法再繼續存在和發展：

Gí-giân siā-kûn bo̍k-tsîng tú-tú khiā-tī in-uī khiàm-khuat tsū-tī tsìng-hú, jîn-kháu siunn-tsió, a̍h-sī pōo-hūn hik-tsiá tsuân-thé hông kuánn-lī khiā-khí ê sóo-tsāi, king-tsè lik-liōng hông khuànn-bô, gí-giân bô huat-tōo tsiânn-tsò kū-thé ê bûn-jī, a̍h-sī bûn-huà bôo-sik kap thóng-tī-tsiá hōo-siong tshiong-tu̍t ê ap-lik ê tsîng-hîng hā, sóo-í, nā m̄-sī ē-bīn tsia ê ki-pún tiâu-kiānn tit-tio̍h tiōng-sī, tsin-tsē gí-giân to̍h bô huat-tōo koh tsài kè-sio̍k tsûn-tsāi kap huat-tián：

在政治方面，目標為構想一個能夠組織語言多樣性的方式，讓眾多語言社群能夠有效參與此一新發展模式。

Tī tsìng-tī hong-bīn, lia̍h tsit-ê bo̍k-piau, i ê kòo-sióng sī tsoo-tsit tsit-ê ē-tàng gí-giân to-iūnn-sìng ê hong-sik, hōo tsē-tsē gí-giân ē-tàng iú-hāu tsham-ú tsit-ê sin ê huat-tián bôo-sik.

在文化方面，目標為在發展過程中提供一個世界性的、使所有種族、語言社群和個人均能公平參與的溝通場所。

Tī bûn-huà hong-bīn, lia̍h tsit-ê bo̍k-piau, bueh tī huat-tián kuè-thîng tiong thê-kiong tsit-ê sè-kài-sìng--ê, hōo sóo-ū ê tsíng-tso̍k, gí-giân siā-kûn kap kò-jîn lóng ē-sái kong-pînn tsham-ú kap kau-thong ê tiûnn-sóo.

在經濟方面，目標為促進基於所有人參與、以及對社會生態平衡和所有語言與文化間平等關係之尊重的持續發展。

Tī king-tsè hong-bīn, lia̍h tsit-ê bo̍k-piau, khiā-tī sóo-ū ê lâng lóng bueh tshiok-tsìn tsham-ú, kap tuì siā-huē sing-thài pîng-hîng kap sóo-ū gí-giân tsi-kan pîng-tíng kuan-hē tsun-tiōng ê kè-sio̍k huat-tián.

《世界語言權宣言》中下列條文具體指出各社群個人或群體的基本權利：

Sè-kài Gí-giân-khuân Suan-giân lāi-bīn ē-té tsia ê tiâu-bûn kū-thé tsí-tshut kok gí-giân siā-kûn kò-jîn iah-sī kûn-thé ê ki-pún khuân-lī;

第三條 Tē 3 Tiâu

第一項 Tē 1 Hāng

本宣言認為下列個人權利不容割讓，並得以於任何情況中使用：

Pún suan-giân jîn-uî ē-bīn tsia ê kò-jîn khuân-lī bē-tàng kuah-niū, mā ē-sái tī jīm-hô tsîng-hîng-tiong lâi sú-iōng：

承認屬於某一語言社群的權利；

於私下或公開場合使用自己語言的權利；

使用自己姓名的權利；

和自己的語言社群有相同淵源之成員相關連或聯合的權利；

維持並發展自己文化的權利；

Sîng-jīn in ka-tī siòk tī bóo tsit-ê gí-giân siā-kûn ê khuân-lī；

Tī su-té-hā iah-sī kong-khai ê tiûnn-hàp sú-iōng ka-tī ê gí-giân ê khuân-lī；

Sú-iōng ka-tī miâ-sènn ê khuân-lī；

Ū kap ka-tī ê gí-giân siā-kûn ū sio-kâng ian-guân ê sing-uân sann kuan-liân kap liân-hàp ê khuân-lī；

Î-tshî, pīng-tshiánn huat-tián ka-tī bûn-huà ê khuân-lī.

以及所有 1966 年 12 月 16 日之『公民權利和政治權利國際公約』和同日簽署之『經濟、社會、文化權利國際公約』當中所承認之各項有關語言的權利。

Í-kip sóo-ū tī 1996 nî 12 guèh 16 jit tshiam-sú ê Kong-bîn Khuân-lī kap Tsìng-tī Khuân-lī Kok-tsè Kong-iok kap kâng hit jit tshiam-sú ê King-tsè Siā-huē Bûn-huà Khuân-lī Kong-iok lāi-bīn sóo sîng-jīn ê kok-hāng iú-kuan gí-giân ê khuân-lī.

第二項 Tē 2 Hāng

本宣言認為語言團體之集體權利，除前述之語言團體成員的權利以外，

尚包含以下項目，符合第二條第二款之情況：

Pún suan-giân jīn-uî gí-giân thuân-thé ê tsip-thé khuân-lī, tî-liáu thâu-tsîng sóo kóng ê gí-giân thuân-thé sîng-uân ê khuân-lī í-guā, iáu koh pau-hâm ē-bīn tsia ê hāng-bȯk, hù-hȧp tē-jī-tiâu tē-jī-khuân ê tsîng-hóng:

被教導自己語言和文化的權利；

取得文化設施的權利；

於傳播媒體中令自己的語言與文化獲得同等表現機會的權利；

在政府機關以及社會經濟關係中獲得注意的權利。

Tsiap-siū hông kàu-tō ka-tī gí-giân kap bûn-huà ê khuân-lī.

Tit-tiȯh bûn-huà siat-si ê khuân-lī.

Tī tāi-tsiòng muî-thé hōo ka-tī ê gí-giân kap bûn-huà tit-tiȯh pîng-tíng piáu-hiān ê khuân-lī.

Tī tsìng-hú ki-kuan kap siā-huē king-tsè kuan-hē tiong tit-tiȯh tsù-ì ê khuân-lī.

第九條　Tē 9 Tiâu

所有語言社群有權在不受引誘或武力介入的情況下，編纂、標準化、保存、發展以及提倡他們的語言系統。

Sóo-ū ê gí-giân lóng ū khuân bián siū ín-iū kap bú-lȧk kài-jȧp lâi pian-siá, piau-tsún-huà, pó-tsûn, huat-tián kap thê-tshiòng in ka-tī ê gí-giân hē-thóng.

第十條　Tē 10 Tiâu

第一項　Tē 1 Hāng

所有語言社群均有平等的權利。

Sóo-ū gí-giân siā-kûn lóng ū pîng-tíng ê khuân-lī.

第二項　Tē 2 Hāng

本宣言不容許對語言社群的歧視，無論其政治權主宰之程度，其社會經

濟或其他狀態，其語言文字化、更新或標準化的程度，或其他標準。

Pún suan-giân bē-tàng ún-tsûn tuì gí-giân siā-kûn ê kî-sī, bô-lūn in tsìng-tī-khuân tsú-tsái ê thîng-tōo, in ê siā-huē king-tsè iảh-sī kî-tha tsōng-thài, in ê gí-giân bûn-jī-huà, king-sin, hik-tsiá piau-tsún-huà ê thîng-tōo, iảh-sī kî-tha piau-tsún.

第三項 Tē 3 Hāng

必須採行所有步驟以實行此平等原則，使其有效且真實。

(Tsìng-hú) pit-su tshái-tshú sóo-ū ê pān-huat lâi sit-hîng tsit ê pîng-tíng guân-tsik, ài khak-sit tsò-kàu, m̄-sī tsò piáu-bīn kang-hu nā-tiānn.

第十五條 Tē 15 Tiâu

第一項 Tē 1 hāng

所有語言社群均有資格在其地區內以其語言作為官方用途。

Sóo-ū gí-giân siā-kûn lóng ū tī in ê tē-khu-lāi iōng in ka-tī ê gí-giân tsò kuann-hong iōng-tôo.

第二項 Tē 2 hāng

所有語言社群均有權要求以其語言所進行之法律和行政行為、所書寫之公開或私人的文件、以及官方記錄必須具有拘束力和效力，無人得以藉口忽略此種語言。

Sóo-ū gí-giân siā-kûn lóng ū khuân iau-kiû iōng in ka-tī ê gí-giân lâi tsìn-hîng huat-lùt kap hîng-tsìng hîng-uî, sóo su-siá ê kong-khai iảh-sī su-jîn bûn-kiānn, í-kip kuann-hong kì-liòk pit-su kū-pī khu-sok-lik kap hāu-lik, bô lâng ē-tàng iōng jīm-hô ê tsià-kháu hut-liòk tsit tsióng gí-giân.

第二十三條 Tē 23 Tiâu

第一項 Tē 1 Hāng

教育必須幫助增進語言社群在其所被提供之區域內表達自己語言和文化

的能力。

Kàu-io̍k pit-su pang-tsān tsing-tsìn gí-giân siā-kûn tī in só thê-kiong ê khu-hi̍k lāi piáu-ta̍t ka-tī gí-giân kap bûn-huà ê lîng-li̍k.

第二項 Tē 2 Hāng

教育必須幫助語言社群在其所被提供之區域內維持及發展他們的語言。

Kàu-io̍k pit-su pang-tsān gí-giân siā-kûn tī in só thê-kiong ê khu-hi̍k lāi î-tshî kap huat-tián in ê gí-giân.

第三項 Tē 3 Hāng

教育必須永遠協助發展語言和文化多樣性、以及相異語言社群間的和諧關係。

Kàu-io̍k pit-su íng-uán hia̍p-tsōo huat-tián gí-giân kap bûn-huà ê to-iūnn-sìng, í-kip bô-kâng gí-giân siā-kûn tiong-kan ê hô-hâi kuan-he.

第四項 Tē 4 Hāng

根據上述原則，人人均有權學習任何語言。

Kin-kù tíng-bīn ê guân-tsik, lâng-lâng lóng ū khuân ha̍k-si̍p jīm-hô gí-giân.

第二十五條 Tē 25 Tiâu

所有語言社群均有資格支配所有人類及物質資源，以確保他們的語言在其領域內各階段的教育上能擴展至所希望的程度：受過適當訓練的教師、合宜的教學方式、教科書、經費、建築物與設備、傳統與創新科技。

Sóo-ū ê gí-giân siā-kûn lóng ū tsu-keh tsi-phuè sóo-ū jîn-luī kap bu̍t-tsit tsu-guân, lâi khak-pó in ê gí-giân tī in ê líng-hi̍k lāi kok-kai-tuānn ê kàu-io̍k-siōng ē-tàng khok-tián kàu sóo hi-bāng ê thîng-tōo: siū-kuè sik-tòng hùn-liān ê kàu-su, ha̍p-gî ê kàu-ha̍k hong-sik, kàu-kho-su, king-huì, kiàn-tio̍k-bu̍t kap siat-pī, thuân-thóng kap thuân-thóng ia̍h-sī tshòng-sin ê kho-ki.

第二十七條 Tē 27 Tiâu

所有語言社群均有資格教育其成員，使其能獲得與其文化傳統相關之語言的知識，例如曾為其社區慣常用語的文學或聖言。

Sóo-ū ê gí-giân siā-kûn lóng ū tsu-keh kàu-io̍k in ka-tī ê sîng-uân hōo in ē-tàng tit-tio̍h kap in ê bûn-huà thuân-thóng siong-kuan ê gí-giân ê tì-sik, tshiūnn-kóng bat tsiânn-tsò in siā-khu kuàn-siông iōng-gí ê bûn-ha̍k ia̍h-sī sìng-giân.

第二十八條 Tē 28 Tiâu

所有語言社群均有資格教育其成員，使他們能徹底瞭解其文化傳統（歷史、地理、文學和其他文化表徵），甚至可以延伸至學習其餘他們所希望瞭解之文化。

Sóo-ū ê gí-giân siā-kûn lóng ū tsu-keh kàu-io̍k in ka-tī ê sîng-uân hōo in ē-tàng thiat-té liáu-kái in ka-tī ê bûn-huà thuân-thóng (li̍k-sú, tē-lí, bûn-ha̍k kap kî-tha ê bûn-huà piáu-ting), sīm-tsì ē-tàng tsiap--lo̍h--khì ha̍k-sip tshun ê in sóo hi-bāng beh liáu-kái ê bûn-huà.

第二十九條 Tē 29 Tiâu

第一項 Tē 1 hāng

人人均有資格以其所居住區域之特定通行語言接受教育。

Lâng-lâng lóng ē-tàng tī in sóo khiā-khí ê khu-hi̍k iōng in ê tik-tīng gí-giân tsiap-siū kàu-io̍k.

第二項 Tē 2 hāng

本權利並不排斥獲得其他語言之口語或書寫知識的權利，如此將可作為他／她與其他語言社群溝通的工具。

Pún khuân-lī pīng bô pâi-thiat jīm-hô tsit-ê lâng tit-tio̍h kî-tha gí-giân ê kháu-gí ia̍h-sī su-siá tì-sik ê khuân-lī, án-ne tō ē-tàng kā he khuànn-tsò tsit ê lâng kap kî-tha gí-giân siā-kûn kau-thong ê kang-khū.

第三十條 Tē 30 Tiâu

所有語言社群的語言和文化必須在大學階段作為研讀和探究的主題。

Sóo-ū gí-giân siā-kûn ê gí-giân kap bûn-huà pit-su tī tāi-ha̍k kai-tuānn tsiânn-tsò gián-tho̍k kap thàm-thó ê tsú-tê.

第三十一條 Tē 31 Tiâu

所有語言社群均有權在所有範疇與所有場合中保存並使用其合宜的姓名系統。

Sóo-ū ê gí-giân siā-kûn lóng ū khuân-lī tī sóo-ū ê huān-uî kap tiûnn-sóo tiong pó-tsûn pīng-tshiánn sú-iōng in ha̍p-gî ê miâ-sènn hē-thóng.

第三十二條 Tē 32 Tiâu

第一項 Tē 1 hāng

所有語言社群均有權以其區域專屬語言使用地名，無論是在口語或書寫上、在私下、公開或是官方場所。

Sóo-ū ê gí-giân siā-kûn lóng ū khuân-lī iōng in khu-hi̍k tsuan-sio̍k gí-giân sú-iōng tē-miâ, bô-lūn sī kháu-gí ia̍h-sī su-siá, tī su-té-hā, kong-khai ia̍h-sī kuann-hong ê tiûnn-sóo.

第二項 Tē 2 hāng

所有語言社群均有權建立、保存、及修改其原始地名。這些地名不得被武斷地廢除、扭曲或改寫，亦不得因為政治或其他情況之改變而遭到替換。

Sóo-ū ê gí-giân siā-kûn lóng ū khuân-lī kiàn-li̍p, pó-tsûn, kap siu-kái in ka-tī ê guân-sú tē-miâ. Tsia ê tē-miâ bē-sái iōng bú-tuàn ê hong-sik huì-tî, niú-khiok, sīm-tsì kái-siá, mā bē-sái in-uī tsìng-tī ia̍h-sī kî-tha tsōng-hóng ê kái-piàn tso-siū tio̍h thè-uānn.

第三十三條　Tē 33 Tiâu

所有語言社群均有權以自己的語言稱呼自己。任何姓名的翻譯必須避免發生模糊或輕蔑的情況。

Sóo-ū ê gí-giân siā-kûn lóng ū khuân-lī iōng in ka-tī ê gí-giân tshing-hoo ka-kī. Jīm-hô miâ-sènn ê huan-ik pit-su pī-bián huat-sing iōng-jī hâm-hôo iảh-sī khin-biảt ê tsōng-hóng.

第三十四條　Tē 34 Tiâu

人人均有權以其語言在所有場合中使用自己的姓名，同時亦有權，在必要的情況下，以最接近其姓名發音的方式將其轉化為文字。

Lâng-lâng lóng ū khuân iōng i ka-tī ê gí-giân tī sóo-ū ê tiûnn-hảp sú-iōng ka-tī ê miâ-sènn, kâng tsit ê sî-tsūn mā ū khuân tī pit-iàu ê tsîng-hóng-hā, iōng siōng tsiap-kīn i miâ-sènn huat-im ê hong-sik tsuán-tsò bûn-jī.

第三十八條　Tē 38 Tiâu

所有語言社群的語言和文化在世界各傳播媒體上必須受到平等、非歧視的對待。

Sóo-ū gí-giân siā-kûn ê gí-giân kap bûn-huà tī sè-kài kok muî-thé siōng pit-su siū-tiỏh pîng-tíng, hui kî-sī ê tuì-thāi.

◎英文版 kap 中文版全文請參閱施正鋒編 2002《語言權利法典》台北：前衛出版社。台文版由國立成功大學台灣語文測驗中心提供。

附錄 4

《國立成功大學台灣語文測驗中心漢羅台文實務用法》

使用說明

1. KIP 編號是依照教育部 2009 年 10 月公布 ê 臺灣閩南語推薦用字 700 字表 ê 順序。

2. □符號表示特殊造字,一般電腦無法度正常顯示。

3. 中心實務用法說明:根據成大台灣語文測驗中心研發人員多年來實際書寫台文 ê 經驗 tsiah 推薦 ê 漢羅用法。H 表示漢字,L 表示羅馬字。若同時出現漢字 kap 羅馬字,表示 2 種寫法攏會使,m̄-koh 园 tī 頭前 ê 用字 khah 普遍。

4. 批次:教育部公布推薦用字 ê 批次。

5. 舉例/備註:若 khah gâu hue--khì ê 語詞,會附教育部或者本中心 ê 例。

6. 這个字表 ê 順序是用 Microsoft Excel 照羅馬字來編排。

KIP 編號	羅馬字	KIP 推薦用字	中心實務用法	批次	舉例/備註
001	a	阿	阿	1	
004	á	仔	仔/L	1	
006	a̍h	曷	L	3	
005	ah-pà	壓霸	壓霸/L	1	
007	a̍h-sī	抑是	抑是/L	2	
008	ài	愛	1. ài 2. 愛	1	1. 必需、需要 2. 意愛、佮意
009	āinn	偝	āinn	3	
010	ak	沃	沃/L	1	
002	a-kīm	阿妗	a-kīm/H	3	
003	a-ḿ	阿姆	a-ḿ/H	3	
011	ám	泔	ám/H	3	
012	ām-kún	頷頸	頷頸/L	3	
015	ân	絚	ân	3	
016	ang	翁	翁/L	1	
017	ang-á	尪仔	ang-á/L	1	
013	án-ne	按呢	按呢/L	1	
014	án-tsuánn	按怎	按怎/L	2	
018	at	遏	at/H	3	
019	au	漚	au/H	3	
020	au	甌	甌/L	3	
021	áu	拗	拗/L	1	
022	àu	漚	àu	3	
024	āu-jit	後日	後日	1	
023	āu--jit	後日	āu--jit/H	1	
025	āu-piah	後壁	後壁	1	
026	bā	峇	bā	3	
027	bái	穤	bái/H	2	
028	ba̍k	目	目	1	
029	ba̍k-nī	茉莉	茉莉	2	
030	ba̍k-sái	目屎	目屎	2	
031	bán	挽	挽/L	2	

KIP 編號	羅馬字	KIP 推薦用字	中心實務用法	批次	舉例/備註
034	báng	蠓	báng/H	1	
035	bâng	茫	茫/L	2	
032	bân-phuê	蠻皮	蠻皮	1	
033	bān-tshiánn	慢且	慢且	3	
036	bat	捌	bat/H	1	
037	ba̍t	密	密/L	3	
038	bē	袂	bē/H	2	
040	beh	欲	beh/H	1	
039	bē-tàng	袂當	袂當/L	2	
041	bî	眯	bî/H	3	
042	bî	微	微	1	
043	bī	沬	bī/H	3	藏水沬
044	bih	覕	bih/H	3	
045	bín	抿	bín/H	3	
049	bīn	面	面	1	
047	bîn-á-tsài	明仔載	明仔載/L	1	
048	bîn-bāng	眠夢	眠夢	2	
046	bín-tāu (-á)	敏豆(仔)	敏豆(仔)	3	
050	bô	無	無/L	1	
051	bô-khah-tsua̍h	無較縒	bô-khah-tsua̍h/H	2	
053	bóng	罔	罔/L	1	
054	bông	雺	bông/H	3	
055	bóo	某	某/L	1	
052	bô-tshái	無彩	無彩/L	1	
056	bú	舞	舞/L	1	
057	bú	母	母	1	
058	bué	尾	尾	1	
059	bué-ia̍h-á	尾蝶仔	尾蝶仔/L	3	
060	but-á-hî	魩仔魚	魩仔魚	3	
061	ê	的	ê/H	1	
062	ê	个	个	1	個
063	ē	下	下/L	3	下晡

KIP 編號	羅馬字	KIP 推薦用字	中心實務用法	批次	舉例/備註
064	ē	下	下/L	1	下跤、一下
065	ē	會	會/L	1	
068	e̍h	狹	e̍h/H	3	
066	ē-hâi	下頦	下頦/L	3	
067	ē-tàng	會當	會當/L	2	
069	gāi-gio̍h	礙虐	gāi-gio̍h/H	3	
070	gāng	愣	愣/L	3	
071	gâu	勢	gâu	3	
072	giâ	夯	giâ/H	1	
073	gia̍h	攑	gia̍h/H	2	
074	giap	鋏	鋏/L	3	
075	gia̍p	挾	挾/L	1	
076	gīm	拎	gīm/H	3	
077	gín-á	囡仔	囡仔/L	1	
078	gîng	凝	凝/L	1	
079	gōng	戇	gōng/L	1	
080	guá	我	我	1	
081	guā	外	外/L	1	外家、外口
082	guā	外	外/L	2	十外歲
083	guán	阮	阮/L	1	
084	guē	外	外/L	1	外甥
085	gue̍h-niû	月娘	月娘	2	
086	hâ	縖	hâ/H	3	縖褲帶
087	ha̍h	箬	ha̍h/H	3	竹箬、甘蔗箬
088	ha̍h	合	ha̍h/H	1	個性會合
089	hái-hái	海海	海海/L	2	
090	hái-íng	海湧	海湧	2	
092	hàm	譀	hàm/H	3	譀古
091	ham-á	蚶仔	蚶仔/L	3	
093	hām-bîn	陷眠	陷眠/L	1	
094	háu	吼	吼/L	1	
095	hāu-senn	後生	後生	1	

KIP 編號	羅馬字	KIP 推薦用字	中心實務用法	批次	舉例/備註
096	he	彼	he/H	1	
097	hē	下	下	1	下鹽
098	hia	遐	hia/H	1	佇遐
100	hia-ê	遐的	hia-ê/H	1	遐的人
099	hia--ê	遐的	hia--ê/H	1	遐的攏是我的
101	hiah	遐	hiah/H	2	遐濟、遐慢
102	hiah-nī	遐爾	hiah-nī/H	2	遐爾遠
103	hiam	薟	hiam/H	3	
104	hian	掀	掀/L	1	
106	hiān	現	現/L	1	
108	hiânn	燃	燃/L	1	
107	hiān-sì	現世	現世	1	
105	hiàn-tshut	現出	現出	1	
109	hiat	㧒	hiat/L	3	物件烏白㧒
110	hiau-pai	囂俳	hiau-pai/H	3	
111	him-siān	欣羨	欣羨	1	
112	hîng-iánn	形影	形影	2	
113	hioh	歇	歇/L	1	
114	hiông-hiông	雄雄	hiông-hiông/H	1	
115	hip	翕	hip/H	1	翕熱
116	hip	翕	hip/H	1	翕相
117	hit	彼	hit/H	1	彼間厝
118	hó-ka-tsài	好佳哉	好佳哉/L	1	
120	hong-thai	風颱	風颱	3	
121	hònn	好	好	1	好奇、好玄
123	hōo	予	予/L	1	
122	hôo-sîn	胡蠅	胡蠅/L	1	
119	hó-sè	好勢	好勢	1	
124	hu	撫	撫/L	3	撫撫咧
125	hú	拊	拊/L	3	拊掉、肉拊
126	huah	喝	huah/H	1	大聲喝
127	huâinn-tit	橫直	橫直/L	1	

KIP 編號	羅馬字	KIP 推薦用字	中心實務用法	批次	舉例/備註
129	huān-sè	凡勢	凡勢/L	3	
128	huan-thâu	翻頭	翻頭/L	3	
130	huat-tōo	法度	法度	1	
131	hue-bî-á	花眉仔	花眉仔/L	3	
133	huî-á	瓷仔	瓷仔/L	1	
132	huì-khì	費氣	費氣/L	1	
134	hun	薰	薰/L	2	
136	hūn	份	份	1	
135	hún-tsiáu	粉鳥	粉鳥	3	
137	i	伊	伊/L	1	
139	ī	奕	ī	3	奕牌仔
140	iā	也	也	1	也好、也是
141	iȧh-á	蛾仔	蛾仔/L	3	
144	iàn-khì	厭氣	厭氣	2	
145	iân-sui	芫荽	iân-sui/H	3	
142	ian-tâu	緣投	緣投/L	1	
143	ian-tsi	胭脂	胭脂	2	
146	iau	枵	iau/H	1	
147	iáu	猶	猶/L	1	
138	í-liâu	椅條	椅條	3	
148	im-thim	陰鴆	im-thim	2	
149	in	□	in	1	華:他們
150	íng	往	íng/H	3	往過、往擺
151	îng	閒	閒/L	1	
152	ioh	臆	臆/L	1	
153	ióng-kiānn	勇健	勇健	3	
154	iu-guân	猶原	猶原/L	2	
155	iú-hàu	有孝	有孝	2	
156	iù-siù	幼秀	幼秀	3	
157	jia	遮	遮/L	1	遮雨
158	jiáu	爪	爪/L	1	
159	jiàu	抓	jiàu/H	1	

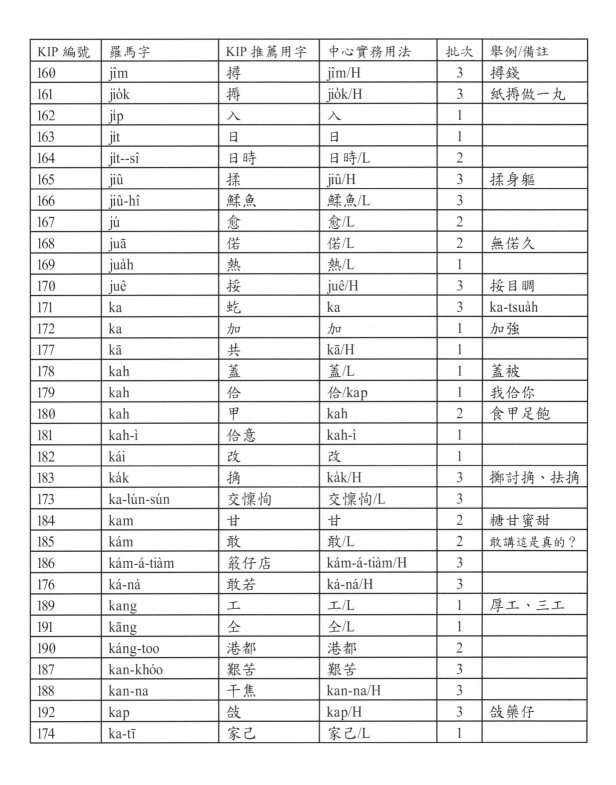

KIP 編號	羅馬字	KIP 推薦用字	中心實務用法	批次	舉例/備註
160	jîm	撏	jîm/H	3	撏錢
161	jiòk	搙	jiòk/H	3	紙搙做一丸
162	jip	入	入	1	
163	jit	日	日	1	
164	jit--sî	日時	日時/L	2	
165	jiû	揉	jiû/H	3	揉身軀
166	jiû-hî	鰇魚	鰇魚/L	3	
167	jú	愈	愈/L	2	
168	juā	偌	偌/L	2	無偌久
169	juáh	熱	熱/L	1	
170	juê	挼	juê/H	3	挼目睭
171	ka	蚼	ka	3	ka-tsuáh
172	ka	加	加	1	加強
177	kā	共	kā/H	1	
178	kah	蓋	蓋/L	1	蓋被
179	kah	佮	佮/kap	1	我佮你
180	kah	甲	kah	2	食甲足飽
181	kah-ì	佮意	kah-ì	1	
182	kái	改	改	1	
183	kák	捔	kák/H	3	擲捔捔、抾捔
173	ka-lún-sún	交懍恂	交懍恂/L	3	
184	kam	甘	甘	2	糖甘蜜甜
185	kám	敢	敢/L	2	敢講這是真的？
186	kám-á-tiàm	篏仔店	kám-á-tiàm/H	3	
176	ká-ná	敢若	ká-ná/H	3	
189	kang	工	工/L	1	厚工、三工
191	kāng	仝	仝/L	1	
190	káng-too	港都	港都	2	
187	kan-khóo	艱苦	艱苦	3	
188	kan-na	干焦	kan-na/H	3	
192	kap	敆	kap/H	3	敆藥仔
174	ka-tī	家己	家己/L	1	

KIP 編號	羅馬字	KIP 推薦用字	中心實務用法	批次	舉例/備註
175	ka-to	鉸刀	鉸刀	1	
194	kàu	到	到	2	
193	káu-kuài	狡怪	狡怪/L	3	
195	ke	加	加/L	1	加減、加話
199	kê	膎	kê/H	3	kiâm-kê
196	ke-āu	家後	家後/L	2	
200	kenn	羹	羹	1	
197	ke-pô	家婆	家婆/L	3	
198	ke-si	家私	ke-si/H	3	
201	kha	跤	跤/L	1	
206	khà	敲	敲	3	敲電話、敲油
207	khah	較	khah/H	1	較濟
209	khah	卡	khah/H	3	卡牢咧
208	khah-thîng (-á)	較停(仔)	較停(仔)/L	1	
210	khám	坎	坎/L	3	坎仔、坎站
211	khàm	崁	崁/L	3	崁蓋、暗崁
212	khàm	崁	崁/L	3	山崁
213	khang	空	空/L	1	空厝、破空
214	khang	空	空/L	2	好空鬥相報
215	khap	磕	磕/L	3	磕頭
205	kha-thâu-u	跤頭趺	跤頭趺/L	3	
202	kha-tshiùnn	咳啾	kha-tshiùnn/H	3	
203	kha-tshng	尻川	kha-tshng/H	3	
204	kha-tsiah	尻脊	kha-tsiah/H	2	
216	khau	薅	khau/H	3	薅草
217	khau	剾	khau/H	3	剾皮、剾喙鬚
218	khè	齧	khè/H	3	
234	khǹg	囥	囥/L	1	囥物件
219	khi	敧	khi/H	1	
221	khiā	徛	徛/L	1	
222	khiā-gô	徛鵝	徛鵝/L	3	
223	khian	掔	khian/H	3	掔石頭

KIP 編號	羅馬字	KIP 推薦用字	中心實務用法	批次	舉例/備註
224	khiàng	勥	khiàng/H	3	
225	khiau	曲	曲/L	3	曲痀
226	khiáu	巧	巧/L	1	奸巧
227	khik-khui	克虧	克虧	3	
228	khînn	拑	khînn/H	3	予囝仔拑牢牢
229	khioh	抾	khioh/H	3	抾起來、抾拾、抾字紙、抾恨
230	khip	扱	khip/H	3	扱牢牢、無拑無扱
231	khit	杙	khit/H	3	杙仔、大里杙(地名)
220	khí-thok (-á)	齒戳(仔)	khí-thok (-á)/H	3	
232	khiú	搝	khiú/H	3	搝大索、搝後跤
233	khiû	虯	khiû/H	3	虯毛、虯儉
235	khó	洘	khó/H	3	洘頭糜、洘流
237	khok	觳	khok/H	3	齒觳仔、水觳仔、鉛筆觳仔
238	kho̍k	硞	kho̍k/H	3	相硞
239	khong	悾	khong/H	3	悾悾戇戇、激悾悾
240	khòng	炕	khòng/H	1	炕肉、炕窯
241	khoo	箍	khoo/H	3	圓箍仔、目箍
236	khó-pí	可比	可比	2	
242	khû	跍	khû/H	3	跍佇遮、跍落去
243	khuán	款	款	1	新款、看款、款行李
244	khuànn-māi	看覓	看覓/L	1	
245	khuìnn-ua̍h	快活	快活/L	3	
246	khùn	睏	睏	1	
247	ki	枝	枝	1	
248	kia̍h	屐	屐/L	2	木屐、柴屐
250	kiann	驚	驚/L	2	免驚

KIP 編號	羅馬字	KIP 推薦用字	中心實務用法	批次	舉例/備註
251	kiânn	行	行/L	1	行路、行船
249	kiàn-nā	見若	見若/L	1	見若歡喜著唱歌
252	kiáu	筊	kiáu/H	3	毋通跋筊
253	kik	激	kik/H	2	激派頭、激酒
256	kín	緊	緊	1	
254	kin-á-jit	今仔日	今仔日	1	
257	kíng	揀	揀/L	1	
258	kíng-tì	景緻	景緻	2	
259	kînn	墘	墘/L	3	碗墘、溪仔墘
255	kin-tsio	弓蕉	弓蕉	3	
260	kiu	勼	kiu/H	3	伸勼、勼水
261	kiù	糾	糾/L	3	糾筋、糾帶
262	koh	閣	koh/H	1	猶閣、閣再
263	kóng	管	管/L	3	竹管、軟管
264	kóng	講	講	2	
267	kóo	鈷	鈷/L	3	茶鈷、一鈷茶
270	kôo	糊	糊	1	糊仔、麵線糊
268	kóo-ì	古意	古意	1	
265	koo-put-jî-tsiong	姑不而將	姑不而將/L	1	
266	koo-tsiânn	姑情	koo-tsiânn/H	3	
269	kóo-tsui	古錐	古錐/L	1	
271	ku	跔	ku/H	3	跔佇遐
272	kuà	掛	掛	1	
273	kuà	蓋	蓋/L	1	鼎蓋
275	kuân	懸	懸/L	2	山真懸
276	kuann	乾	乾/L	1	肉乾、豆乾
277	kuânn	寒	寒/L	1	
274	kuàn-sì	慣勢	慣勢/L	1	
279	kué	粿	粿	1	
278	kue-á-nî	瓜仔哖	瓜仔哖/L	3	瓜仔哖炒豬肉
281	kueh	橛	kueh/H	3	一橛甘蔗
280	kué-tsí	果子	果子/L	1	食果子拜樹頭

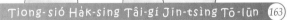

KIP 編號	羅馬字	KIP 推薦用字	中心實務用法	批次	舉例/備註
282	kui	胿	kui/H	3	雞胿、頷胿
283	kui	規	規/L	1	規家伙仔、規个
284	kui-khì	規氣	規氣/L	2	規氣倩人較直
285	kuí-nā	幾若	幾若/L	1	幾若百萬、幾若擺
286	kut-la̍t	骨力	骨力/L	3	真骨力
287	lâ-á	蜊仔	蜊仔/L	3	
288	lâ-giâ	蟧蜈	lâ-giâ/H	3	囡仔會驚蟧蜈
289	lah-sap	垃圾	垃圾/L	3	
290	lāi	內	內	1	
291	lak	橐	lak/H	3	橐袋仔
292	lak	落	lak/H	1	落漆、落毛
293	lám-nuā	荏懶	lám-nuā/H	3	
294	lán	咱	咱	1	
295	lâng	人	人/L	1	
298	lāng	弄	弄/L	3	弄獅、戲弄
296	lâng-kheh	人客	人客	3	
297	lâng-sn̂g	籠床	lâng-sn̂g/H	1	
299	lap	塌	lap/H	1	塌落來、塌底
300	láu	扭	láu/H	3	跤骨扭著
301	làu	落	làu/H	3	落風、落屎
302	lāu-huè-á	老歲仔	老歲仔	1	
303	leh	咧	leh/H	1	有佇咧、佇咧睏
304	lí	你	你	1	
305	lia̍h	掠	掠	1	
306	liâm-mi	連鞭	liâm-mi/H	1	
307	lián	輪	輪	3	換輪、落輪
308	lián	撚	lián/H	1	撚耳仔、撚喙鬚
309	liàn	輾	liàn/H	3	佇塗跤輾、捙三輾
310	lia̍p-á	粒仔	粒仔/L	1	生粒仔
311	lim	啉	lim/H	1	啉水、真好啉

KIP 編號	羅馬字	KIP 推薦用字	中心實務用法	批次	舉例/備註
312	lín	恁	lín/H	1	恁三个、恁兜
313	ling	奶	奶/L	1	
314	līng	冗	līng/H	1	褲頭傷冗、索仔冗
315	liōng	冗	liōng/H	3	錢愛紮較冗
316	liōng-siōng	冗剩	liōng-siōng/H	3	時間猶真冗剩
317	liú	鈕	鈕/L	1	鈕仔、鈕鈕仔
320	liū	餾	餾/L	3	餾清飯
318	liú-lak	扭搦	liú-lak/H	3	
319	liú-liah	扭掠	liú-liah/H	3	
321	loh	落	落/L	3	落車、落雨
322	lok	橐	lok/H	3	橐起來、手橐仔
323	lok-tshuì	漉喙	lok-tshuì/H	3	物件食了著愛漉喙
324	lóng	攏	攏/L	1	
325	lòng	挵	lòng/H	3	車挵著人
326	lóo	惱	惱	1	氣身惱命
327	lóo-làt	勞力	lóo-làt/H	3	
328	lōo-lê	露螺	露螺/L	3	
329	lu	攄	lu/H	3	攄仔、攄頭毛
330	lù	鑢	lù/H	3	鑢鼎、鑢破皮
331	luah	捋	luah/H	1	捋仔、捋頭鬃
332	luî	蕊	蕊/L	3	
333	lún	忍	忍/L	2	
334	m̄	毋	m̄/H	1	
337	má	媽	媽	2	阿媽、北港媽
338	mā	嘛	嘛/L	1	按呢嘛好
339	mài	莫	mài/H	2	
340	mê	暝	暝	1	
335	m̄-koh	毋過	m̄-koh/H	3	
336	m̄-nā	毋但	m̄-nā/H	3	
341	muê	糜	糜/L	3	

KIP 編號	羅馬字	KIP 推薦用字	中心實務用法	批次	舉例/備註
343	nā	若	若	1	
342	nâ-âu	嚨喉	嚨喉/L	1	
344	neh	躡	neh/H	3	躡跤尾
354	nǹg	軁	nǹg/H	3	軁磅空、軁鑽
345	ńg	䘼	ńg/H	3	手䘼、長䘼
347	ngeh	夾	夾/L	3	火夾、夾菜
348	ngeh	莢	莢/L	1	豆莢、一莢
349	nge̍h	挾	挾/L	3	挾佇中央、挾牢咧
350	ngiau	擽	ngiau	3	
346	ńg-ki-á-hue	黃梔仔花	黃梔仔花/L	3	
351	ni	拈	ni/H	1	桌頂拈柑
352	niáu-tshí	鳥鼠	鳥鼠/L	1	
353	niû-kiánn	娘囝	娘囝	2	
355	nn̄g	卵	卵	3	
356	nuá	撋	nuá/H	3	撋粿、撋鹹菜
357	nuā	瀾	nuā/H	3	流喙瀾、收瀾
359	ô	蚵	蚵	2	
360	oh	僫	oh/H	3	真僫、僫講
358	o-ló	呵咾	o-ló/H	1	
361	oo	烏	烏/L	1	
363	óo	挖	挖	1	
362	oo-àm	烏暗	烏暗	2	
364	pa	爸	爸/L	1	
365	pân	瓶	瓶/L	2	
367	pang	枋	枋/L	3	枋仔、枋寮、紙枋
366	pān-sè	範勢	pān-sè/H	3	
368	pē	爸	爸/L	1	
369	peh	擘	peh/H	3	擘柑仔、目睭擘金
370	pha	葩	pha/H	1	一葩電火

KIP 編號	羅馬字	KIP 推薦用字	中心實務用法	批次	舉例/備註
371	phah	拍	拍/L	1	拍鼓、拍鎖匙
372	phah-eh	拍呃	phah-eh/H	3	
373	phah-sǹg	拍算	拍算/L	3	
374	pháinn	歹	歹/L	1	歹腹肚、歹聲嗽
376	phāinn	揹	phāinn/H	3	揹冊包、揹物件
375	pháinn-sè	歹勢	歹勢	1	
377	phang	芳	芳/L	1	花真芳、米芳
378	phâng	捀	phâng/H	3	
379	phànn	冇	phànn/H	3	
380	phiann	抨	phiann/H	3	
381	phín-á	□仔	phín-á	3	
382	phīnn	鼻	鼻	1	
383	phoh	粕	粕/L	1	
385	phóng	捧	捧/L	3	
386	phòng	膨	膨/L	1	
387	phōng-kó	蘋果	蘋果/L	1	
384	phong-phài	豐沛	豐沛/L	3	
388	phoo	鋪	鋪	1	鋪地毯、鋪路、總鋪
389	phòo	鋪	鋪	1	店鋪、總鋪師、一舖路
390	phôo	扶	phôo/H	1	
391	phú	殕	phú/H	3	臭殕、殕色
392	phue	批	批/L	2	一張批信
393	phuì	呸	phuì/H	1	呸痰、起呸面
394	phun	潘	phun/H	3	用潘飼豬
395	pi-á	膍仔	pi-á	3	
396	piak	煏	piak	3	piak 豬油
398	piànn	摒	piànn/H	1	摒房間、摒糞埽
399	piànn	拚	拚	2	拍拚、拚命
397	piān-sóo	便所	便所	1	
400	pih	擊	pih/H	3	擊手碗、擊褲跤

KIP 編號	羅馬字	KIP 推薦用字	中心實務用法	批次	舉例/備註
402	píng	反	píng/H	1	倒反
403	pîng	爿	pîng/H	1	正爿、倒爿
401	pîn-tuānn	貧惰	貧惰/L	1	
405	pōng	碰	碰/L	3	相碰
406	pōng	磅	磅	1	磅仔、磅重
407	pōng-bí-phang	磅米芳	磅米芳/L	3	
408	pōng-khang	磅空	磅空/L	1	
409	pōng-tsí	磅子	磅子/L	3	這粒是偌重的磅子
410	poo	埔	埔	2	草埔、海沙埔
411	póo	脯	脯	3	魚脯、菜脯
404	pó-pì	保庇	保庇	3	
412	pù	富	富	1	
413	puânn	盤	盤	3	盤車、盤山過嶺
414	puânn-nuá	盤撋	puânn-nuá/H	3	
416	pué	掰	pué/H	3	
417	puē-bōng	培墓	培墓	1	
415	pue-lîng-á	菠薐仔	菠薐仔/L	3	菠薐仔(菜)煮豬肝
419	pûn	歕	pûn/H	1	歕風、歕鼓吹
418	pùn-sò	糞埽	糞埽/L	1	
420	sa	捎	sa	3	烏白 sa、sa 物件
421	sa̍h	煠	sa̍h	3	sa̍h 卵、sa̍h 肉
422	sak	揀	sak/H	3	
423	sán	瘦	瘦	1	
426	sann	衫	衫	1	
424	sàn-tshiah	散赤	散赤/L	1	
425	sàn-tsia̍h	散食	散食/L	1	
427	sap	霎	sap/H	3	sap-sap-á 雨
429	sàu	嗽	嗽	3	
428	sau-siann	梢聲	sau-siann/H	3	
430	sè	細	細	1	細聲、細漢

KIP 編號	羅馬字	KIP 推薦用字	中心實務用法	批次	舉例/備註
431	sėh	踅	sėh/H	1	
432	senn	生	生/L	3	生仔、生鍋
433	senn-sîng	生成	生成	1	
434	sì	世	世	2	一世人、出世
437	siám-sih	閃爍	閃爍/L	3	
438	sian	鉎	sian/H	3	生鉎、身軀全鉎
439	sián	仙	sián/H	3	五仙錢、無半仙
440	siān	瘹	siān	3	人 siān-siān
442	siánn	啥	啥/L	1	
444	siânn	唌	siânn/H	3	
443	siánn-mih	啥物	啥物/L	2	
441	siān-thâng-á	蟮蟲仔	siān-thâng-á/H	3	
445	siáu	痟	siáu/H	2	
446	siàu	數	數/L	1	
447	siàu-liām	數念	數念/L	1	
448	siàu-liân	少年	少年	2	
449	siàu-siūnn	數想	數想/L	1	
450	sih-nah	爍爁	sih-nah	3	
435	sì-kè	四界	四界/L	1	
451	sik-sāi	熟似	熟似/L	1	
452	sim-sng	心酸	心酸	2	
455	sîn	承	sîn/H	3	承球、承水
453	sin-khu	身軀	身軀	1	
454	sin-pū	新婦	新婦	1	
458	sio̍h	液	sio̍h	3	手 sio̍h、臭跤 sio̍h
457	sió-khuá (-á)	小可(仔)	小可(仔)/L	1	
459	siōng	上	上/L	1	
456	sio-tsioh-mn̄g	相借問	相借問	2	
460	sì-siù (-á)	四秀(仔)	sì-siù (-á)/H	3	
460	sit-tsì	失志	失志	2	
436	sī-tuā	序大	序大/L	3	
462	siū	岫	siū/H	3	

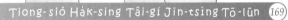

KIP 編號	羅馬字	KIP 推薦用字	中心實務用法	批次	舉例/備註
463	siū-khì	受氣	受氣	2	
464	siunn	傷	siunn/H	1	
465	sńg	耍	sńg/H	1	
466	so	挲	so/H	3	
468	sô	趖	sô/H	1	
469	soh	索	索/L	3	跳索仔、扭大索
470	sông	倯	sông	3	
471	sóo-huì	所費	所費	3	
467	só-sî	鎖匙	鎖匙	2	
472	su	軀	su/H	1	
474	suá	徙	徙/L	1	
475	suà	紲	suà/H	2	紲落去、相紲
476	suah	煞	煞/L	1	
477	suān	漩	suān/L	3	
479	suànn	散	散	1	
478	suān-tsio̍h	璇石	璇石/L	3	
473	su-bōo	思慕	思慕	2	
480	suh	欶	suh/H	3	
481	suí	媠	媠/L	1	
482	suî	隨	隨	1	隨來、相隨
483	suî-tsāi	隨在	隨在	1	
484	sûn	巡	巡	3	
485	ta	焦	焦/L	2	
488	tà	罩	罩/L	3	
489	tai	呆	呆	1	
490	tāi-tsì	代誌	代誌/L	1	
491	ta̍k	逐	逐/L	1	
486	ta-ke	大家	ta-ke/H	3	
491	ta-kuann	大官	ta-kuann/H	3	
492	tâm	澹	澹/L	2	
493	tâm-po̍h (-á)	淡薄(仔)	淡薄(仔)	1	
494	tàn	擲	擲/L	1	

KIP 編號	羅馬字	KIP 推薦用字	中心實務用法	批次	舉例/備註
495	tân	霆	tân/H	3	霆雷公、霆水螺
496	tang	冬	冬/L	3	好年冬
497	tang-sî	當時	tang-sî/H	3	
498	tàng-sng	凍霜	凍霜/L	1	
499	tann	今	tann/H	1	
500	tau	兜	兜/L	1	
501	tàu	鬥	鬥/L	1	鬥做伙、鬥陣
503	tàuh	沓	tàuh/H	3	沓沓仔講
502	tàu-sann-kāng	鬥相共	鬥相共/L	2	
504	té	貯	貯/L	1	
505	teh	惹	惹/L	3	惹年、惹重
561	tǹg	頓	頓/L	1	顧三頓、頓印仔
507	thâi	刣	thâi/H	1	
506	thái-ko	癩□	thái-ko/H	3	
508	thàn	趁	趁/L	1	趁錢、趁早
509	thang	通	通/L	1	通光、毋通
510	thàng	迵	thàng/H	3	
511	thàng	痛	痛/L	3	爸母對囝兒的疼痛
512	that	窒	that/H	1	
513	tháu	敨	tháu/H	3	敨索仔、敨放
515	thâu	頭	頭	1	頭殼、頭先
516	thâu-lōo	頭路	頭路	1	
514	thàu-tsá	透早	透早	2	
517	thè	退	退	1	
519	thèh	提	提/L	2	
518	thè-uānn	替換	替換	2	
526	thǹg	褪	褪/L	3	褪殼、褪衫
520	thí	撐	thí/H	3	目睭褫袂開
521	thiám	忝	忝/L	3	
522	thiànn	疼	疼/L	3	
523	thiau-kang	刁工	刁工/L	1	

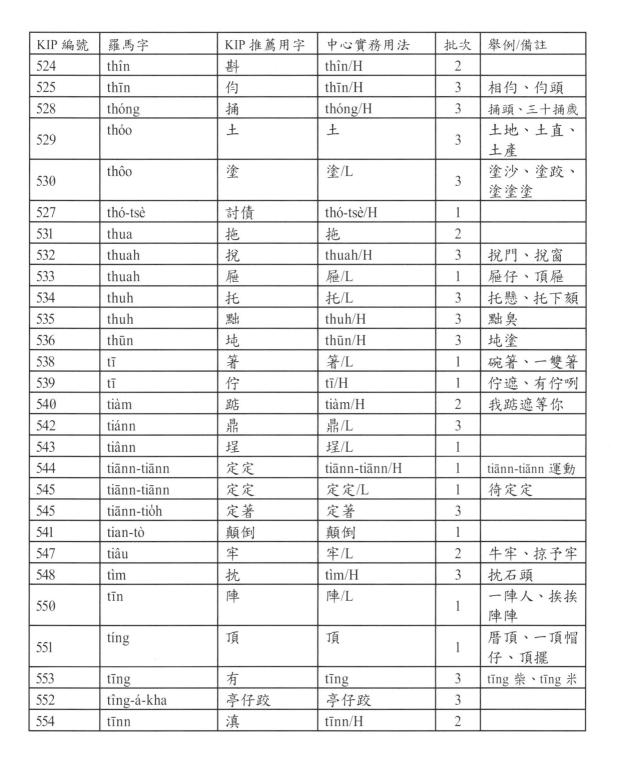

KIP 編號	羅馬字	KIP 推薦用字	中心實務用法	批次	舉例/備註
524	thîn	斟	thîn/H	2	
525	thīn	伨	thīn/H	3	相伨、伨頭
528	thóng	捅	thóng/H	3	捅頭、三十捅歲
529	thóo	土	土	3	土地、土直、土產
530	thôo	塗	塗/L	3	塗沙、塗跤、塗塗塗
527	thó-tsè	討債	thó-tsè/H	1	
531	thua	拖	拖	2	
532	thuah	挩	thuah/H	3	挩門、挩窗
533	thuah	屜	屜/L	1	屜仔、頂屜
534	thuh	托	托/L	3	托懸、托下頦
535	thuh	黜	thuh/H	3	黜臭
536	thūn	坉	thūn/H	3	坉塗
538	tī	箸	箸/L	1	碗箸、一雙箸
539	tī	佇	tī/H	1	佇遮、有佇咧
540	tiàm	踮	tiàm/H	2	我踮遮等你
542	tiánn	鼎	鼎/L	3	
543	tiânn	埕	埕/L	1	
544	tiānn-tiānn	定定	tiānn-tiānn/H	1	tiānn-tiānn 運動
545	tiānn-tiānn	定定	定定/L	1	徛定定
545	tiānn-tiȯh	定著	定著	3	
541	tian-tò	顛倒	顛倒	1	
547	tiâu	牢	牢/L	2	牛牢、掠予牢
548	tìm	扰	tìm/H	3	扰石頭
550	tīn	陣	陣/L	1	一陣人、挨挨陣陣
551	tíng	頂	頂	1	曆頂、一頂帽仔、頂擺
553	tīng	有	tīng	3	tīng 柴、tīng 米
552	tîng-á-kha	亭仔跤	亭仔跤	3	
554	tīnn	滇	tīnn/H	2	

KIP 編號	羅馬字	KIP 推薦用字	中心實務用法	批次	舉例/備註
549	tìn-uī	鎮位	鎮位/L	1	
555	tiô	越	tiô/H	3	
556	tióh	著	著/L	1	毋著、著獎、看著、著愛
557	tiong-tàu	中晝	中晝	1	
537	tì-sik	智識	智識	1	
558	tit	得	得/L	2	袂記得、袂比得
559	tiunn-tî	張持	張持/L	1	
560	tńg	轉	tńg/H	3	轉南風、見笑轉受氣、轉去
562	tn̄g	搪	tn̄g	3	tn̄g tióh 同學
563	to	都	都/L	1	連一字都毋捌
565	tò	倒	倒/L	1	
567	tō	就	tō/H	2	按呢就著
568	tóh	著	tóh/H	2	著火
569	tok	剁	剁	3	
570	tok-ku	啄龜	tok-ku/H	1	
572	tōng	撞	tōng/H	3	
571	tòng-tsò	當做	當做	2	
688	tōo-kuai-á	肚胿仔	tōo-kuai-á/H	3	
573	tōo-kún	杜蚓	杜蚓/L	1	
566	tò-siàng-hiànn	倒摔向	tò-siàng-hiànn/H	3	
564	tó-uī	佗位	tó-uī/H	2	
574	tsa-bóo	查某	查某/L	1	
577	tsah	紮	紮/L	1	
578	tsàh	閘	閘/L	1	閘水、水閘仔
575	tsa-hng	昨昏	昨昏/L	3	
579	tsai	知	知/L	1	
580	tsâi-tiāu	才調	才調	1	
581	tsàm	蹔	tsàm/H	3	
582	tsām	站	站/L	3	這站仔
583	tsām-tsat	站節	站節/L	1	

KIP 編號	羅馬字	KIP 推薦用字	中心實務用法	批次	舉例/備註
584	tsâng	欉	tsâng/H	3	
585	tsànn	乍	tsànn/H	3	乍白菜、乍油
586	tsȧp-liām	雜唸	雜唸	1	
576	tsa-poo	查埔	查埔/L	3	
587	tsat	節	節/L	1	關節、小節一下
588	tsȧt	實	tsȧt	3	
589	tsáu	走	走/L	1	
591	tsàu	灶	灶	1	
590	tsáu-bī	走味	走味	2	
592	tse	這	這/L	1	
593	tsē	濟	濟/L	1	
594	tshȧk-bȧk	鑿目	tshȧk-bȧk/H	1	
595	tsham	摻	摻	1	摻一寡糖、摻鹽
596	tsham	參	參	1	參加、我參你去
597	tsháu-meh-á	草蜢仔	草蜢仔/L	3	
598	tsheh	冊	冊	1	
599	tshenn	青	青/L	2	
600	tshenn-hūn	生份	生份/L	1	
601	tshenn-mê	青盲	青盲	1	
603	tshia	車	車	1	
604	tshiah	刺	刺/L	1	刺膨紗、刺皮鞋、刺字
605	tshiám	攕	tshiám/H	3	
606	tshiàng-siann	唱聲	tshiàng 聲/H	3	
607	tshiànn	倩	tshiànn/H	1	倩工人、倩車
608	tshiau	搜	tshiau/H	3	搜物件
609	tshiâu	撨	tshiâu/H	3	撨時鐘、撨價數、撨骨
610	tshih	揤	tshih/H	3	
611	tshik	粟	tshik/H	3	粟仔、粟鳥仔
602	tshì-môo-thâng	刺毛蟲	刺毛蟲	3	
617	tshìng	搈	tshìng/H	3	搈鼻

KIP 編號	羅馬字	KIP 推薦用字	中心實務用法	批次	舉例/備註
618	tshīng	穿	穿	1	穿衫、食穿
615	tshing-khì	清氣	清氣/L	1	清氣相、愛清氣
616	tshing-phang	清芳	清芳/L	2	
619	tshinn	鮮	鮮/L	2	
614	tshìn-tshái	清彩	tshìn-tshái/H	1	
612	tshin-tshiūnn	親像	親像	1	
613	tshin-tsiânn	親情	tshin-tsiânn/H	2	親情朋友
620	tshiò-hai-hai	笑哈哈	笑 hai-hai/H	2	
621	tshit	拭	拭/L	1	拭喙
622	tshit-thô	迌迌	tshit-thô	3	
623	tshiú-tiān-á	手電仔	手電仔	3	
624	tshńg	吮	tshńg/H	3	吮魚頭、吮魚骨
625	tshòng	創	創	1	創業、創啥
626	tshòng-tī	創治	創治/L	1	
627	tshu	趨	趨/L	3	趨趨、趨雪
628	tshù	厝	厝	1	起厝、厝邊
629	tshū	跙	tshū/H	3	跙一倒、跙冰
630	tshuā	炁	tshuā	3	tshuā 頭、tshuā 囝仔
631	tshuā	娶	娶	1	娶某、嫁娶
632	tshuah	疶	tshuah/H	3	疶屎、疶尿
633	tshuah	礤	tshuah/H	3	礤番薯簽
634	tshuah	掣	tshuah/H	1	掣毛、掣斷
635	tshuân	攢	tshuân/H	3	物件攢好勢
636	tshuann	扦	tshuann	3	竹 tshuann
637	tshue	炊	炊	3	炊粿、炊粽
638	tshuê	箠	箠/L	3	箠仔、球箠
639	tshuē	揣	揣/L	3	揣物件
640	tshuì	喙	喙/L	1	
641	tshuì-phué	喙顊	喙 phué/H	3	
642	tshuì-tûn	喙脣	喙脣	2	
643	tshun	賰	tshun/H	3	時間賰偌久

KIP 編號	羅馬字	KIP 推薦用字	中心實務用法	批次	舉例/備註
644	tsî	糍	tsî/H	3	麻糍
645	tsia	遮	tsia/H	1	
647	tsia-ê	遮的	tsia-ê/H	1	遮的人
646	tsia--ê	遮的	tsia--ê/H	1	遮的予你
648	tsiah	才	tsiah/H	2	到今你才知、拄才
649	tsiah	遮	tsiah/H	2	遮緊
651	tsiàh	食	食	1	
650	tsiah-nī	遮爾	tsiah-nī/H	2	
652	tsiam-tsí	針黹	針黹/L	2	
653	tsian	煎	煎	3	
654	tsiánn	汫	tsiánn/H	3	鹹汫
655	tsiânn	誠	tsiânn/H	1	誠貴、誠好
656	tsiânn	成	tsiânn/H	1	成人、成百個
657	tsiáu-khí-kang	照起工	照起工/L	1	
658	tsik-bók	寂寞	寂寞/L	2	
659	tsim	唚	唚/L	3	
660	tsim-tsiok	斟酌	斟酌/L	3	
661	tsing	舂	tsing/H	3	舂米
662	tsîng	從	tsîng/H	3	從細漢
663	tsinn	櫼	tsinn/H	3	櫼入去
664	tsínn	茈	tsínn/H	3	
665	tsìnn	糋	tsìnn/H	3	糋甜粿
666	tsīnn	舐	tsīnn/H	3	
667	tsió	少	少/L	1	
668	tsit	這	這/L	1	
670	tsit-kuá (-á)	一寡(仔)	一寡(仔)	1	
669	tsit-má	這馬	tsit-má/L	3	
671	tsiú	守	守/L	3	
673	tsiū	就	就/L	2	
674	tsiunn-tsî	蟳蜍	tsiunn-tsî/H	3	
672	tsiù-tsuā	咒誓	咒誓/L	3	
677	tsòh--jit	昨日	昨日/L	3	

KIP 編號	羅馬字	KIP 推薦用字	中心實務用法	批次	舉例/備註
676	tsoh-sit	作穡	作穡/L	1	
675	tsò-hué	做伙	做伙	1	
678	tsū	苴	tsū/H	3	椅苴仔
679	tsuā	逝	tsuā/H	3	行一逝、一逝路
680	tsuann	煎	tsuann/H	3	煎茶、煎藥仔
681	tsuànn	炸	tsuànn/H	3	炸豬油、烏白炸
682	tsuí-ke	水雞	水雞	3	釣水雞
683	tsūn	陣	陣/L	1	一陣風、時陣
684	tú	拄	拄/L	1	拄著貴人
685	tù	注	tù/H	3	㤉注、拚孤注
686	tū	駐	tū/H	3	駐水、駐死
687	tuà	蹛	蹛/L	2	
689	tuè	綴	綴/L	3	
691	tùh	揬	tùh/H	3	揬破、揬一空
690	tuh-ku	盹龜	tuh-ku/H	1	
692	uá	倚	倚/L	2	
693	uan-ke	冤家	冤家	1	
695	uànn	晏	晏/L	1	
694	uàn-thàn	怨嘆	怨嘆	2	
696	uat	斡	uat/H	1	彎彎斡斡
697	uát	越	越/L	3	越頭
698	ui	搣	ui/H	2	
699	ùn	搵	搵/L	3	搵豆油
700	ut-tsut	鬱卒	ut-tsut/H	2	

國立成功大學台灣語文測驗中心

 中小學生台語認證　選擇題答案卡
模擬試題練習用

注意事項	1. 限用 2B 鉛筆作答。
	2. 畫記 ài 烏、清楚，ài kā 圓箍仔畫予 tīnn，buē-tàng thóo 出去格仔外口。
	畫例－ē-tàng 判讀：●，buē-tàng 判讀：Ⓥ Ⓘ Ⓧ ⊙ 。
	3. 請使用 hú-á（橡皮擦）修改答案，mài 使用「修正液」塗改。
	4. 作答進前請核對答案卡頂面 ê 准考證號碼，若 kap 本人 ê 准考證號碼無仝，請 suî 時通知監考人員處理。

第 I 部分：聽力測驗

（a）聽話揀圖

1. Ⓐ Ⓑ Ⓒ Ⓓ
2. Ⓐ Ⓑ Ⓒ Ⓓ
3. Ⓐ Ⓑ Ⓒ Ⓓ
4. Ⓐ Ⓑ Ⓒ Ⓓ
5. Ⓐ Ⓑ Ⓒ Ⓓ
6. Ⓐ Ⓑ Ⓒ Ⓓ
7. Ⓐ Ⓑ Ⓒ Ⓓ
8. Ⓐ Ⓑ Ⓒ Ⓓ

（b）看圖揀話

1. Ⓐ Ⓑ Ⓒ Ⓓ
2. Ⓐ Ⓑ Ⓒ Ⓓ
3. Ⓐ Ⓑ Ⓒ Ⓓ
4. Ⓐ Ⓑ Ⓒ Ⓓ
5. Ⓐ Ⓑ Ⓒ Ⓓ
6. Ⓐ Ⓑ Ⓒ Ⓓ

（c）對話理解

1. Ⓐ Ⓑ Ⓒ Ⓓ
2. Ⓐ Ⓑ Ⓒ Ⓓ
3. Ⓐ Ⓑ Ⓒ Ⓓ
4. Ⓐ Ⓑ Ⓒ Ⓓ
5. Ⓐ Ⓑ Ⓒ Ⓓ
6. Ⓐ Ⓑ Ⓒ Ⓓ

第 II 部分：閱讀測驗

（a）看圖揀句

1. Ⓐ Ⓑ Ⓒ Ⓓ
2. Ⓐ Ⓑ Ⓒ Ⓓ
3. Ⓐ Ⓑ Ⓒ Ⓓ
4. Ⓐ Ⓑ Ⓒ Ⓓ
5. Ⓐ Ⓑ Ⓒ Ⓓ
6. Ⓐ Ⓑ Ⓒ Ⓓ
7. Ⓐ Ⓑ Ⓒ Ⓓ
8. Ⓐ Ⓑ Ⓒ Ⓓ

（b）讀句補詞

1. Ⓐ Ⓑ Ⓒ Ⓓ
2. Ⓐ Ⓑ Ⓒ Ⓓ
3. Ⓐ Ⓑ Ⓒ Ⓓ
4. Ⓐ Ⓑ Ⓒ Ⓓ
5. Ⓐ Ⓑ Ⓒ Ⓓ
6. Ⓐ Ⓑ Ⓒ Ⓓ
7. Ⓐ Ⓑ Ⓒ Ⓓ
8. Ⓐ Ⓑ Ⓒ Ⓓ

（c）短文理解

1. Ⓐ Ⓑ Ⓒ Ⓓ
2. Ⓐ Ⓑ Ⓒ Ⓓ
3. Ⓐ Ⓑ Ⓒ Ⓓ
4. Ⓐ Ⓑ Ⓒ Ⓓ

國立成功大學台灣語文測驗中心

 中小學生台語認證　選擇題答案卡
模擬試題練習用

注意事項	1. 限用 2B 鉛筆作答。
	2. 畫記 ài 烏、清楚，ài kā 圓箍仔畫予 tīnn，buē-tàng thóo 出去格仔外口。畫例─ē-tàng 判讀：●，buē-tàng 判讀：ⓥ ⓘ ⓧ ⓞ 。
	3. 請使用 hú-á（橡皮擦）修改答案，mài 使用「修正液」塗改。
	4. 作答進前請核對答案卡頂面 ê 准考證號碼，若 kap 本人 ê 准考證號碼無全，請 suî 時通知監考人員處理。

第 I 部分：聽力測驗

（a）聽話揀圖

1 Ⓐ Ⓑ Ⓒ Ⓓ
2 Ⓐ Ⓑ Ⓒ Ⓓ
3 Ⓐ Ⓑ Ⓒ Ⓓ
4 Ⓐ Ⓑ Ⓒ Ⓓ
5 Ⓐ Ⓑ Ⓒ Ⓓ
6 Ⓐ Ⓑ Ⓒ Ⓓ
7 Ⓐ Ⓑ Ⓒ Ⓓ
8 Ⓐ Ⓑ Ⓒ Ⓓ

（b）看圖揀話

1 Ⓐ Ⓑ Ⓒ Ⓓ
2 Ⓐ Ⓑ Ⓒ Ⓓ
3 Ⓐ Ⓑ Ⓒ Ⓓ
4 Ⓐ Ⓑ Ⓒ Ⓓ
5 Ⓐ Ⓑ Ⓒ Ⓓ
6 Ⓐ Ⓑ Ⓒ Ⓓ

（c）對話理解

1 Ⓐ Ⓑ Ⓒ Ⓓ
2 Ⓐ Ⓑ Ⓒ Ⓓ
3 Ⓐ Ⓑ Ⓒ Ⓓ
4 Ⓐ Ⓑ Ⓒ Ⓓ
5 Ⓐ Ⓑ Ⓒ Ⓓ
6 Ⓐ Ⓑ Ⓒ Ⓓ

第 II 部分：閱讀測驗

（a）看圖揀句

1 Ⓐ Ⓑ Ⓒ Ⓓ
2 Ⓐ Ⓑ Ⓒ Ⓓ
3 Ⓐ Ⓑ Ⓒ Ⓓ
4 Ⓐ Ⓑ Ⓒ Ⓓ
5 Ⓐ Ⓑ Ⓒ Ⓓ
6 Ⓐ Ⓑ Ⓒ Ⓓ
7 Ⓐ Ⓑ Ⓒ Ⓓ
8 Ⓐ Ⓑ Ⓒ Ⓓ

（b）讀句補詞

1 Ⓐ Ⓑ Ⓒ Ⓓ
2 Ⓐ Ⓑ Ⓒ Ⓓ
3 Ⓐ Ⓑ Ⓒ Ⓓ
4 Ⓐ Ⓑ Ⓒ Ⓓ
5 Ⓐ Ⓑ Ⓒ Ⓓ
6 Ⓐ Ⓑ Ⓒ Ⓓ
7 Ⓐ Ⓑ Ⓒ Ⓓ
8 Ⓐ Ⓑ Ⓒ Ⓓ

（c）短文理解

1 Ⓐ Ⓑ Ⓒ Ⓓ
2 Ⓐ Ⓑ Ⓒ Ⓓ
3 Ⓐ Ⓑ Ⓒ Ⓓ
4 Ⓐ Ⓑ Ⓒ Ⓓ